胡國瑞集

易中天 〇八年七月

胡國瑞 著

上海文藝出版社

第三冊

陆园诗草

民国诗人 王子文 著

中国文艺出版社

第八章　賦的發展變化

第一節　建安時代賦的發展趨向

在漢代作爲文人文學創作主流的賦，到了建安時代，常被與詩並列，成爲當時文人馳騁才華的一個重要方面。但這時作家在這方面的成就，遠不及詩歌的重大，却也萌發出一種新的趨勢，就是篇幅短小，較多地用來抒情。

從這時許多作家的文集看來，其中賦作篇幅的數量還是相當重的。如曹植有四十多篇，王粲有二十多篇，應玚和陳琳也各有十篇左右。它們有一個共同的顯著特徵，就是篇幅短小，衹有曹植的《洛神賦》是其中最長的一篇。在那些篇幅短小的賦中，有的衹有寥寥幾行，如應玚的《征賦》：

奮皇佐之豐烈，將親戎乎幽鄴，飛龍旗以雲曜，披廣路而北巡。崇殿鬱以嵯峨，華宇爛而舒光，摛雲藻之雕飾，流輝采之渾黃。辭曰：烈烈征師，尋遐庭兮；悠悠萬里，臨長城兮；周覽郡邑，思既盈兮；嘉想前哲，遺風聲兮。

全篇共衹十六句，通體結構完整，並無所斷缺。短篇小賦在漢代已有許多，如在《古文苑》中，即録有班固的《竹扇賦》，班昭的《針縷賦》，張衡的《温泉賦》，篇章都很狹促，這在他（她）們不過是偶書小品，而真正代表其成就的還是那些宏篇巨製。而建安時代的賦作，我們看不到大幅的，這

絶不是這時文人没有漢代賦家的才華，如蕭統在其《文選》的「七」類中，於枚乘的《七發》之後，衹取了曹植的《七啓》和張協的《七命》，並未取東漢的傅毅、張衡、崔駰等人的這類作品。王粲奉曹植命同作的《七釋》，雖衹存篇首一段，當可由而概見其餘。而曹植的《洛神賦》，較之宋玉的《高唐賦》及《神女賦》，在形象及結構上更爲完美。由此可知，當時擅長詞賦的曹植、王粲，並不是無力追踪漢代賦家的。他們及同時文人的賦作衹有短篇而無巨製，可從多方面來理解。

首先，這時許多的賦作，很多是在文人們的文酒集會上産生的。如劉楨的《瓜賦序》説：「在植坐，厨人進瓜，植命爲賦，促立成。」由序文直稱曹植之名，可知序文當爲編集的人所記，而非劉楨原語，總之當是有所根據而寫的。再從他們的文集中，看到有許多共同的賦題，如《鸚鵡賦》、《馬瑙勒賦》、《車渠碗賦》、《迷迭香賦》、《大暑賦》等，可知這些都是在宴會上命題同作的。在這種場合，作者都要競顯自己才思的敏捷，自然急於求成，這樣篇幅也就不會太長。而且那些賦題本身所包含的内容也極有限，無可多事鋪張的餘地，都是可以即席完成的。也還有臨時應命而作的，如王粲的《浮淮賦》，乃是建安十四年曹操東征孫權時，王粲與曹丕隨軍同行，受丕之命與其同作的。又如前舉應玚的《征賦》，也當是行軍之際倉卒應命而作的。在這樣倉卒情況下，爲了完成使命，衹能作出這樣短促的急就篇章了。其次，那些小賦，可看作另一種形式的抒情詩。這時的

許多賦作都是抒情性質的，儘管它們有時是在描寫某一事物，而其實是在藉某一事物抒發作者自己的某種感情，如王粲的《車渠碗賦》、《槐賦》、《鶡賦》等，在賦陳物性中賦予了人的美好品質，即是作者的自況。它們的長短極爲自由，有的衹是寥寥幾行，如同後世的一則隨感。所以其中有許多並非闕文，而看來好似零章斷句一樣，乃因其中有的就是抒寫片段偶感。抒情的賦，是從屈原的賦直接演出的，從西漢初的賈誼下至董仲舒、司馬遷，以至東漢中晚期的張衡、趙壹，都有過這類創作，不過還是偶然的表現。到了建安時代，文人感慨特多，故普遍運用辭賦作爲抒情的工具。而感情的抒寫自有限度，非如漢人之對佃獵、宮館、京都的鋪敍之可以極意誇張，故其篇幅自然有限。況且情意所騁，天地至爲廣闊，率意賦寫，運用也很靈便，這一風氣一經暢開，也爲文人抒情之作開闢了一條寬廣途徑，而抒情之賦，從此成爲賦的巨流，也產生了不少優秀作品，爲這一歷史階段的文壇增添了新的聲色。

這一時期的詞賦，仍以曹植、王粲二人的成就較高。

曹植大量的抒情小賦，雖有一些情致和辭采，可是缺乏突出的感人之處，衹有一首篇幅較長的《洛神賦》，是最足顯示他的富麗才華的名作。他作這篇賦的動機，仍在表達他對於理想願望的追慕。他在賦中所描寫的洛神，就是他所追慕的理想願望的具體化身，但終因限於制度，即賦

中所謂的「人神道殊」，而不能如願以償。賦的意義，如結合曹植的生平願望和其他許多詩篇所抒寫的感情來考察，極易明白。過去有人認爲是因思慕甄氏而作，並曾命名爲《感甄賦》，完全是無稽之談。

《洛神賦》的創作，乃是取法於宋玉的《神女賦》，它在結構和人物的形體及衣飾的描寫上，和宋玉的《神女賦》、《登徒子好色賦》有着繼承性關係。但它比起《神女賦》，在結構上更爲完美，這表現在人物形象上使讀者獲得更充分具體的感觸，這主要由於作者按照水神的身分，在情節上有着明晰恰當的開展和安排。而在人物形象的描寫上，作者筆下的洛神之美，不是靜止在圖畫上的，而是在生動活潑的行動上表現着驚人的艷采。例如其中這樣的描寫：

> 其形也，翩若驚鴻，婉若遊龍。榮曜秋菊，華茂春松。仿佛兮若輕雲之蔽月，飄飖兮若流風之回雪。遠而望之，皎若太陽昇朝霞；迫而察之，灼若芙蕖出淥波。……於是洛靈感焉，徙倚徬徨，神光離合，乍陰乍陽。……體迅飛鳧，飄忽若神，陵波微步，羅襪生塵。動無常則，若危若安；進止難期，若往若還。

而她以其那樣驚人的艷質，却在與人接觸之際，隱露出這樣微妙動人的深情：

> 動朱唇以徐言，陳交接之大綱。恨人神之道殊兮，怨盛年之莫當。抗羅袂以掩涕兮，淚

流襟之浪浪。悼良會之永絶兮，哀一逝而異鄉。無微情以效愛兮，獻江南之明璫。雖潛處於太陰兮，長寄心於君王。

但終因「人神道殊」，在可望而不可即的情況下消逝，因而使人感到悵惘而悠然無盡。這種對於洛神可望而不可即的悵惘，實質上乃是曹植對於自己所夢寐追求而不可得的理想願望的悵惘。《洛神賦》雖是繼承和學習《神女賦》而創作的，但曹植却在賦中表現了他運用高度才華所發揮出的創造性，因而在情節結構和人物形象上比《神女賦》更爲完善，更富於感染力。

王粲的《登樓賦》，可作爲這一時期抒情小賦的傑出代表，兹録其全篇於下：

登兹樓以四望兮，聊暇日以銷憂。覽斯宇之所處兮，實顯敞而寡仇。挾清漳之通浦兮，倚曲沮之長洲。背墳衍之廣陸兮，臨皋隰之沃流。北彌陶牧，西接昭丘，華實蔽野，黍稷盈疇。雖信美而非吾土兮，曾何足以少留！

遭紛濁而遷逝兮，漫逾紀以迄今，情眷眷而懷歸兮，孰憂思之可任！憑軒檻以遥望兮，向北風而開襟，平原遠而極目兮，蔽荆山之高岑。路逶迤而修迥兮，川既漾而濟深，悲舊鄉之壅隔兮，涕横墜而弗禁。昔尼父之在陳兮，有歸歟之嘆音，鍾儀幽而楚奏兮，莊舄顯而越吟，人情同於懷土兮，豈窮達而異心！

惟日月之逾邁兮，俟河清其未極，冀王道之一平兮，假高衢而騁力，懼匏瓜之徒懸兮，畏井渫之莫食。步棲遲以徙倚兮，白日忽其西匿，風蕭瑟而並興兮，天慘慘而無色，獸狂顧以求羣兮，鳥相鳴而舉翼，原野闃其無人兮，征夫行而未息。心悽愴以感發兮，意忉怛而憯惻，循階除而下降兮，氣交憤於胸臆，夜參半而不寐兮，悵盤桓以反側。

這篇賦是他長期流落在荆州時所作（大約在建安九至十年）。賦中所表達的感情，和他的《七哀詩》第二首的内容是一致的。他因遭亂長期流落而不得志，在登樓眺望時激起懷念鄉土之情及對社會和人生的憂懼，也就是對於董卓及其部下軍閥戰亂的沉痛控訴。賦的開始寫登樓所覽，次敍懷鄉之情，最後申述身世之懼，依着作者情緒的發展，賦的層次極爲明晰。此賦主要在抒寫作者懷念鄉土之情，其開始之登樓縱覽，即爲消釋由此種情感所産生的憂愁，但此種情感因登覽而被激發得更盛，以見作者懷念鄉土的殷切。舊鄉既不能歸，人生時光大量的消逝，而時世的清平極難盼到，乃憂懼此生之虚度，恐不能見用於世。而此時所目擊的社會景象，仍在繼續惡化，這正是違反己志而感到觸目驚心的，因此在内心激起極强烈的矛盾，以至不能自製，這完全是違反開始所要登樓的願望的。作者的形象在賦中呈現得非常鮮明，他由登覽而悵望、而深思、而徘徊，終於帶着激烈的矛盾情緒下樓，以至歸去不能成眠。其時間則由白晝而經晚暮以至夜半。其情緒則由舒緩而緊張，

由單純而複雜。這一切使人充分感觸到一個遭亂流離而滿懷身世之憂的詩人形象。作者之創作此賦，乃由激烈的感情矛盾所促使，他無論是寫景、抒情、以至間或運用典實來比喻他的思想感情，都各適可而止，並不鋪設過多的辭藻，因此，他從文章中流溢出的感情，顯得極爲充沛而易於感人。所以他的這首小賦，一直爲讀者所愛好，而在他身後，當陽、襄陽和江陵三個城都有仲宣樓，每個城的人民，都爭説他們的城樓真是王粲登覽作賦的樓。其實按賦中寫到的漳沮二水之在當陽境内，祇有當陽是恰合的，這城樓在當陽境内舊麥城所在地，這裏恰是漳沮二水匯合之處，羅隱《春日投錢塘元帥尚父二首》末句云「麥城王粲謾登樓」可爲明證。這一事實，正可説明，由於他以其不朽的藝術成就博得人民的愛好，所以人民才都爭着以他的事跡來豐富自己鄉土的歷史。

在上述曹、王二人外，賦作較可觀的有禰衡的《鸚鵡賦》。禰衡（一七三—一九八），字正平，他是曹氏集團以外的文士。他少年恃才傲慢一切。孔融很愛賞他的才辯，將他推薦給曹操，而他對曹操態度極端猖狂，於是曹操將他送給劉表，劉表知道曹操的用意，爲了避免殺才士的惡名，將禰衡又送給手下大將黃祖，終因語言觸怒黃祖而被殺。但黃祖的兒子黃射却很敬愛他，這篇《鸚鵡賦》即是在黃射的宴會上，應黃射的邀請即席寫出的。

這篇賦雖是鋪寫鸚鵡，實是藉以影射陳訴才士的不幸遭遇。篇中首寫鸚鵡的色彩性能，於是被人世統治者所注意而遭受網羅，在留戀故鄉時沉痛地雌雄分離，母子永別，以後常在悽慘的生活中向往返回山林的自由，最後感到祇有在無可奈何中爲主人盡力報德。這個鸚鵡的形象，儼然是一個才士的形象，他以才華爲統治者所牢籠，在求脱身而不可能的處境下，祇有勉强地爲主子效力，以期獲得善終。這可更進一步説是作者對自己的寫照。賦中説：「豈言語以階亂，將不密以致危。」他曾爲黃祖作書札，得到黃祖欣賞説：「此正得祖意，如祖腹中之所欲言也。」可是他仍不免以言語惹禍，被黃祖所殺。所以這篇賦也可廣泛地當作封建社會文士不幸命運的概括。這篇賦的藝術性也是較好的，除了前人評價的「辭采甚麗」（《後漢書·禰衡傳》）外，而所寫的對象，即物即人，在一系列的鸚鵡的形象後面，伴隨着人物的影子，使讀者可以明晰地感觸到。而清麗的辭采，獲得適當體現情思的藝術效果，仍和曹氏集團文人的作品一樣，顯示了情文相稱的明朗的文風。

魏末時期，以嵇康、阮籍爲代表的文人，除了詩外，他們都把精力發揮在著作論文上。阮籍雖有少數賦作，意義文辭並不甚高。嵇康祇有《琴賦》一篇，仍是漢人王褒的《洞簫賦》和馬融的《長笛賦》之流。嵇康由於對琴有特殊的愛好和造詣，賦的局勢雖是規模漢人的，然通過極意鋪寫以闡發琴的音樂作用，尚覺可觀。而這時賦作最值得注意的，乃是向秀的《思舊賦》。

向秀，字子期，河内懷縣人，他是嵇康的好朋友。據説今傳的郭象《莊子注》本是向秀作的，後

被郭象盜去據爲己有。向秀最初在政治上曾拒絶司馬氏的籠絡，不願出仕，後來看到嵇康被殺，才勉强接受地方官的差使。他在一次因公赴洛陽轉回時，途經他的好友嵇康、吕安的故居，觸景傷懷，寫下這首《思舊賦》。嵇康、吕安的被殺，乃因在政治上反抗司馬氏，所以他對嵇、吕的傷悼，便隱含着一定的政治意義。賦的内容非常簡單，不過是敍説自己奉命赴京，歸途經過舊友的故居，於是「惟古昔以懷今兮，心徘徊以躊躇」。再想到嵇康臨死彈琴，恰好當時聽到其鄰人吹笛，更激發了對好友命運的感嘆。由於表情摯切，屬辭清雅，自然易於感人。其中有云：「嘆黍離之愍周兮，悲麥秀於殷墟。」「黍離」、「麥秀」本是抒發故國破亡之痛的，爲什麽用於傷悼舊友呢？因爲向秀和嵇、吕在政治態度上是一致的，這時魏政權已完全落在司馬氏手裏，魏已是名存實亡，作者在這裏傷悼舊友，也是兼寓故國之痛，正如古人所云：「人之云亡，邦國殄瘁。」（《詩經・大雅・瞻仰》）兩種感情在這裏正融合到不可分的地步。而以聞笛表示對故友的悼念，也就成了後來文人常用的典實。

總括從建安到魏末的抒情小賦言，可説是遠承楚詞的。杜甫曾説：「縱使王、楊操翰墨，劣於漢魏近風騷。」「漢魏近風騷」，確是對建安至魏末詩賦風貌的概括。這一時期的詩近風騷自不待言，即那些優秀的抒情小賦何嘗不如此！就内容言，它們表達了憂生念亂之情，而其形貌也是楚詞體的繼續，因此，才能獲致易於感人的藝術效果，這就是這一時期抒情小賦的藝術特色，爲後世所不可企及的所在。

第二節　晉代賦風的熾盛

晉代是兩漢以後又一個賦風熾盛的時代，尤其是西晉初期，賦家盛極一時。由於他們在統一安定的環境條件下，有充裕的時間精力在賦壇上馳騁才華，其中許多人的製作，直欲規摹漢人。如左思的《三都賦》，潘岳的《藉田賦》和《笙賦》，成公綏的《嘯賦》，木華的《海賦》，都是屬於這一類的。這些作品，雖各有一定可觀之處，但總未能脱出漢賦的規模。這時賦家可讀的作品，仍是抒情的製作。而陸機的《文賦》，以賦的文體鋪寫爲文的種種用心，可稱爲這時賦的一篇傑作。

陸機的《文賦》，是一篇極富於形象性的優秀精美的文藝理論著作。它以鮮明貼切的形象，比喻地描述作者在創作過程中的經驗體會，及文章的利病所在，在文藝理論的各個方面提出了一系列的草創性的綱領，給以後文藝理論的開展作了重要的啓示。而它以精美的形象性的語言，深刻細緻地抉示出作者親身感到的創作的甘苦情狀，真可謂「曲盡其妙」。在賦的内容上是一個卓異的創造。至於這篇賦的各方面的内容及意義，將於文學理論批評章再作論述。

陸機的一篇《豪士賦》，是當時統治階級内部鬥爭情緒的反映。在趙王司馬倫被殺後，齊王司馬冏獨攬朝權，驕奢不法，復爲長沙王司馬乂所殺。陸機前曾幾乎被司馬冏所枉殺，即於冏死

後寫下這篇《豪士賦》，藉以譏刺齊王冏。賦前有序文，以四倍於賦的篇幅，泛舉一般事理及歷史事實反覆論證，當非常時機，庸材僥倖成就大功後，如不量力引退，而還要妄自矜誇，必然不免顛僕的慘禍。序文辭藻豐富，説理精切，文勢如波濤洶湧，層層緊逐，蔚爲壯觀。賦文僅就序文論述的要點，從道理上加以抽象的概括，反成了序文的「亂辭」，所以蕭統《文選》僅取賦序，而略去賦文，是自有見地的。

陸機還有一篇《瓜賦》，爲蕭統《文選》所未收的，現在讀起來覺得氣味頗爲清新。如描寫瓜在田裏繁育的景象：

發金榮於秀翹，結玉實於柔柯，蔽翠景以自育，綴修莖而星羅。

極鮮明地展示出瓜田裏一片清美的生意。接着舉出十幾種瓜名，也給我們提供了古代名目繁多的瓜的品種的知識。後面再寫到瓜的形色和品質：

五色比象，殊形異端。或濟貌以表内，或惠心而醜顔。或攄文而抱緑，或披素而懷丹。氣洪細而俱芬，體修短而必圓。芳郁烈其充堂，味窮理而不䭊。德弘濟於飢渴，道殷流於貴賤。

這樣盡致地對於瓜的表裏的描繪，看來簡直是對各類人物美好品德的評價。作者賦予瓜以人的美好品德，使讀者感到所賦即物即人，這也可看作作者優美情調的體現。賦的下面接着六句之後，便戛然而止，整個體段顯然有所短缺，蕭統所以未選，可能即因其不完整之故。

陸機現存的賦共有二十五篇，其中有大量的抒情小賦，如嘆逝、感時、思親、遂誌、懷土等類的主題，大致不外感嘆親友的凋謝或離别及人生壽命的短促，並没有多大的意義。儘管陸機才華豐贍，而他在賦中無論是言情或體物，基本上是直接抒寫，即如在《豪士賦序》中使用了些典故，但並不繁密，所以賦中的感情和物狀，都很顯明，讀者還覺相當疏暢，而無滯澀之感。

潘岳是和陸機齊名，並同爲西晉初的代表作家，即因他們二人在文學創作上都是方面較廣而藝術成就較高的。但二人在各方面的成就並不一樣，互有輕重長短。就賦而言，潘岳藝術完美的篇章即較陸機爲多，這種情況也反映在蕭統的《文選》中，即陸機入選的賦遠遠少於潘岳。潘岳的賦作較有意義的是《西征賦》。這篇賦作於惠帝元康二年（二九二）就任長安縣令時，是一篇記述旅途經歷和感慨的作品。它基本上取法於班彪的《北征賦》和班昭的《東征賦》，而體制遠較班氏父女的二篇爲宏巨。在這首《西征賦》中，作者把所經過從洛陽到關中的地方，大量有關的古人事跡，以豐富精練的辭藻，一一舉述出來，於深切的感慨中，表明他對那些人事是非得失的頌揚或譴責，作者所表現的態度，大體上都是正確的。這篇賦可當作一部關中歷史人物志看待，對於統治階級是有着鑒戒意義的。下面録出兩則，以示一斑：

眄山川以懷古，悵攬轡於中途。虐項氏之肆暴，坑降卒之無辜。激秦人以歸德，成劉後之來蘇。事回沉而好還，卒宗滅而身屠。

掩細柳而撫劍，快孝文之命帥，周受命以忘身，明戎政之果毅。距華蓋於壘和，案乘輿之尊轡，肅天威之臨顏，率軍禮以長揖，輕棘霸之兒戲，重條侯之倨貴。

足以代表潘岳的賦的風格面貌的是《秋興賦》和《閒居賦》。《文心雕龍·才略篇》説：「潘岳敏給，辭自和暢。」《體性篇》説：「安仁輕敏，故鋒發而韻流。」而《世説新語·文學篇》載孫綽的評説：「潘文爛若披錦，無處不善。」又説：「潘文淺而淨。」這些雖是對潘的文學創作總的評價，也切合潘的詞賦的表現。把這些評論歸納起來，不外三個方面：語言明淨和暢，辭藻絢麗鮮美，及情韻輕敏流利。他的「秋興」和「閒居」二賦，都具有上述的藝術特色。《秋興賦》是他較早時期的作品，這時他作虎賁中郎將，夜間在散騎省值班，説他：「譬猶池魚籠鳥，有江湖山藪之思，於是染翰操紙，慨然而賦。於時秋也，故以『秋興』命篇。」賦的前端敍述時節變易對於人情的感觸，於是：「宵耿介而不寐兮，獨展轉於華省，悟時歲之遒盡兮，慨俛首而自省。」覺得自己與那些達官貴人取捨不一致，而且官高身危，因此想：「且斂衽以歸來兮，忽投紱以高厲。……逍遥乎山川之阿，放曠乎人間之世，優哉游哉，聊以卒歲。」這些思想情緒，從他的生平爲人看來，並不可信。祇是賦的前半敍寫對於時節景物的感受，引宋玉悲秋數句帶起所寫風物情致，尚覺清美可觀，與這時許多五言詩中出現自然景物的風氣，是正相適應的。至於他的《閒居賦》，作於惠帝元康六七年間，這時他在官場中不得意，認爲自己是個「拙者」，「可以絶意乎寵榮之事矣」，「於是覽止足之分，庶浮雲之志」，就寫下這首《閒居賦》。賦中首先寫他在洛陽城外居地的環境，其次寫他家園的景物，再次寫他侍奉母親家居生活的歡樂。最後表示要：「奉周任之格言，敢陳力而就列，幾陋身之不保，尚奚擬於明哲，仰衆妙而絶思，終優遊以養拙。」賦的前端鋪寫家宅所在附近的建築及重大典禮活動，還略具漢人京都大賦的體段，中間描寫家園景物，可看作後來庾信《小園賦》中許多家園景物描寫的先導。他在這賦中表示了頗能知足保身，好像他的人生精神境界很高尚似的，而實際恰恰相反。據《晉書·潘岳傳》説他「性輕躁，趨世利」。他的母親曾責罵他説：「爾當知足，而乾没不已乎？」他和石崇等諂事賈謐，每等候賈謐外出時，即與崇望塵遥拜。金代詩人元好問曾在一首《論詩絶句》中説：「心畫心聲總失真，文章仍復見爲人？高情千古閒居賦，爭信安仁拜路塵！」即慨嘆地指出他的文章之虚僞性。《文心雕龍·情采篇》説：「志深軒冕，而泛詠皋壤，心纏幾務，而虚述人外。真宰弗存，翩其反矣。」而潘岳的「秋興」、「閒居」二賦，正是這樣「言與志反」的。

潘岳是擅長以各類體裁的文學作品表達哀傷之情的，如他的許多誄及《悼亡詩》都是有名

的。在賦方面，這類作品可以《寡婦賦》爲代表。這篇賦是爲朋友的妻子表達她喪失配偶的悲傷之情的。他在賦中代她設身處地着想，從時節及生活的各方面抒發她孤獨悲悽的感情，非常哀婉動人，比起曹丕諸人因阮瑀之亡而作的《寡婦賦》，從內容到形式，都顯得大爲充實完美。

在那些規摹漢賦的宏篇巨製中，左思的《三都賦》是比較最爲可觀的。他以長達十年的時間寫成。左思由於地位的低微，他的這三篇賦最初未受到重視，後來得到當時名位崇高的皇甫謐、張載、劉逵、衛瓘等爲其作序和注解，張華又讚賞其「二京可三」，於是豪貴之家競相傳寫，洛陽爲之紙貴。這三篇賦雖是模仿班固的《兩都賦》和張衡的《兩京賦》而作，而其內容之豐博與辭藻之宏麗，實可追步前人而無愧色，充分表現了作者深厚廣博的學問和才華。左思寫這三篇賦是從求實精神出發的。他在《三都賦序》中說：「其山川城邑則稽之地圖，其鳥獸草木則驗之方志，風謠歌舞各附其俗，魁梧長者莫非其舊。」他認爲「美物者貴依其本，讚事者宜本其實。匪本匪實，覽者奚信？」他爲了寫《蜀都賦》，曾往訪問去過蜀地的張載，了解蜀地方的一切。在這三篇賦中，以《蜀都賦》最爲可觀，突出地顯示了所寫地方的特色。如其中所描寫的：

邛竹緣嶺，菌桂臨崖。旁挺龍目，側生荔枝。布綠葉之萋萋，結朱實之離離。迎隆冬而不凋，常曄曄以猗猗。

這是當時蜀中特產的佳果。

火井沉熒於幽泉，高焰飛煽於天垂。

這是早在三世紀時期有關天然氣的可珍貴的記載。

流漢湯湯，驚浪雷奔，望之天迴（按：「迴」疑當作「廻」），即之雲昏。……羲和假道於峻岐，陽烏迴翼乎高標。

這是對於蜀地山川高險的形容。「羲和」二句雖帶有誇張性質，也是人的感覺中可能產生的想法。李白《蜀道難》中的「上有六龍回日之高標」，顯然是從這裏啓發出的。

爾乃邑居隱賑，夾江傍山，棟宇相望，桑梓接連。家有鹽泉之井，戶有橘柚之園。

這種蜀中沿江城市人家的景象，就是今天旅行四川沿江地方，仍是可以隨處看到的。其他有關蜀地的工藝特產、習俗風謠及人物盛況等等，自然是這種賦作應具的內容了。另外兩首，《吳都賦》主要是鋪寫吳地的廣大富饒繁華，《魏都賦》則從作爲中土的政治中心着眼，着重鋪寫宮室府舍的制度規模，用意與班固的《東都賦》一致。三賦各有詳略輕重，體現了作者慘淡經營的匠心。

西晉初期，還有一位作風極爲特異的賦家束晳。束晳字廣微，陽平元城人。他的生卒年不詳，大約生活到四世紀初數十年間，享年四十。他的祖和父都作過郡太守。束晳年少時即以博學多

聞著名，但因其兄束璆娶了大官僚石鑒的侄女而又棄掉，以致兄弟二人遭到石鑒的壓抑很久，這樣使他對貧苦人的生活感情深有體會，而他現存的爲數極少的五篇小賦，基本上都是這類感情的抒發。如他的《勸農賦》：

惟百里之置吏，各區别而異曹，效治民之賤職，美莫尚乎勸農。專一里之權，擅百家之勢。及至青幡禁乎遊惰，田賦度乎頃畝，與奪在己，良薄澹口，受饒丘於肥脯，得力在於美酒。若場功畢，租輸至，録社長，召閭師。條牒所領，注列名諱，則豚鷄爭下，壺榼横至。遂乃定一以爲十，拘五以爲二，蓋由熱啖紆其腹，而杜康咥其胃。乃有老閑蓄猥，貶狹難受，時雖被放，不過校督，歌對囹圄，笑向桎梏。

這篇小賦諷刺的意味非常辛辣的。所謂勸農之吏，實際是農稼的害蟲。不過是「專一里之權，擅百家之勢」的這樣一個微末小吏，他却可以「與奪在己，良薄澹口」，而「定一以爲十，拘五以爲二」。而他所需索的不過是「鷄豚」、「壺榼」，滿足一下口腹之欲。這種齷齪小吏，雖爲害不能大，却也像人身上的蚤虱，足以擾得人身心不寧的。這篇小賦確給蚤虱般的小吏畫出一幅鄙瑣的肖像。

他的一首《貧家賦》，盡致地描寫出窮苦人家的困窘之狀：

債家至而相敦，乃取東而償西。行乞貸而無處，退顧影以自憐。銜賣業而難售，遂前至於饑年，煮黄當之草菜，作汪洋之羹饘，釜遲鈍而難沸，薪鬱絀而不然，至日中而不熟，心苦苦而饑懸。丈夫慨於堂上，妻妾嘆於竈間，悲風嗷於左側，小兒啼於右邊。

這樣困窘生活的狀況，在潘陸諸人是不可想象的，比起潘岳的《閒居賦》中所寫，榮枯判若天壤，因此，這在他們的筆下是不可能出現的。

束晳還有一首《餅賦》：

立冬猛寒，清晨之會，涕凍鼻中，霜凝口外。充虚解戰，湯餅爲最。弱似春綿，白若秋練，氣勃鬱以揚布，香飛散而遠遍，行人失涎於下風，童僕空噍而斜眄，擎器者舐唇，立侍者干咽。

湯餅是極平常的食品，作者却把它形容得那般美妙，以致見者聞者，失涎干咽。這在富貴人家看來，多麼可笑！而貧苦人家正是無上的口腹享受。這正是貧苦人家感情的真實體現。

據《晉書·束晳傳》説，他「嘗爲『勸農』及『餅』諸賦，文頗鄙俗，時人薄之」。他的這些賦，在當時是獨異其趣的，因此受到當時人的鄙薄。可是這種表達窮苦人的思想感情的作品，在當時確是難得而可貴的，這類作品必然受到人民的喜愛，而爲民間藝人所傚法。可惜它們的影響，在當時統治貴族的文風籠罩下，不可能顯示出來。後來在敦煌出現的許多唐代民間小賦，可說是應以束晳的這些作品爲濫觴的。

晉代賦作較可觀的作品，都集中地産生在西晉時期。東晉之初，郭璞祇有《江賦》較著名，但仍是漢賦的末流，祇是在極意鋪陳中顯示了作者學問知識的淵博豐厚。以後整個東晉時代，在玄言風的統治下，賦也和詩一樣，成爲「漆園之義疏」（《文心雕龍·時序篇》）。就是孫綽自詡「擲地要作金石聲」的《天臺山游賦》，除了「赤城霞起而建標，瀑布飛流而界道」二句，其餘對於景物的描寫，非常浮泛，對任何山都可適用。即「赤城」二句，也很平常易得。而且賦的通篇融會着釋道意趣，遍游的收穫，不過是：「害馬已去，世事都捐，投刃皆虚，目牛無全。……泯色空以合跡，忽即有而得玄。釋二名之同出，消一無於三幡。」這樣，當然不可能真正領會到名山勝景的妙趣，而引導讀者與之欣然同遊的。

第三節　南朝賦風的演變

一　宋齊賦壇的異采

劉宋時代的賦壇，也和其時的詩壇一樣，經過東晉一段沉寂之後，頓呈現一片令人視聽一新的氣象。齊名宋初文壇的顔延之、謝靈運，對賦雖有創作，而成就並不高。顔延之的《赭白馬賦》，因係奉宋武帝之命而作，所以他在賦中極力馳騁才華，堆積了繁密的辭藻典故，使人感到非常滯澀難讀。唯其中誇張地形容馬的迅疾説：「旦刷幽燕，晝秣荆越。」也曾被李白在《天馬歌》中剪裁爲七言句「鷄鳴刷燕晡秣越」。謝靈運也曾在《山居賦》和《撰征賦》中肆意逞其富艷才華，然二賦俱極繁蕪而無裁節。《山居賦》鋪寫其居處四周遠近景物，間有可觀；而《撰征賦》寫其奉命北行慰勞劉裕的旅途經歷，意在追摹潘岳的《西征賦》，而内容凌雜，遠不及潘作的明晰精練。這二篇賦都不能算做成功的作品。

這時在賦作上獲得突出成就的應推鮑照。鮑照現有的賦不過十篇，都大體可讀，而其《蕪城賦》尤爲傑出。這篇賦大約作於宋孝武帝大明三四年間（四五九—四六〇）。大明三年，竟陵王劉誕據廣陵反叛，隨即被宋王朝鎮壓下去，這次廣陵城受到嚴重破壞，人民大量遭到屠殺。鮑照的這篇賦，乃是感於廣陵城在劉誕據以叛亂後所呈現的荒殘景象而作，其所賦的蕪城即是廣陵城。

這篇賦描寫的是廣陵這一名城今昔盛衰的景象，作者以對照的寫法，把昔日盛況和當前衰象加以極力誇張的鋪寫，顯示出這個都城命運的劇烈變化。當寫到這個城的盛況時，使人感到如置身於一個朝氣蓬勃的繁華都市中：

> 當昔全盛之時，車掛轊，人駕肩，廛閈撲地，歌吹沸天。

當寫到它的末日時，便如面臨一片陰森可怖的鬼蜮世界：

> 澤葵依井，荒葛罥塗，壇羅虺蜮，階鬥麏鼯。木魅山鬼，野鼠城狐，風嗥雨嘯，昏見晨趨。

饑鷹厲吻，寒鴟嚇雛，伏虣藏虎，乳血飧膚。崩榛塞路，崢嶸古馗，白楊早落，塞草前衰，稜稜霜氣，蔌蔌風威，孤蓬自振，驚沙坐飛，灌莽杳而無際，叢薄紛其相依，通池既已夷，峻隅又已頹，直視千里外，唯見起黃埃，凝思寂聽，心傷已摧。

最後更從荒涼的現景追想其統治者昔日享樂事物之盛麗，而慨嘆其終不免同歸於盡：

若夫藻扃黼帳，歌堂舞閣之基；璇淵碧樹，弋林釣渚之館；吳蔡齊秦之聲，魚龍爵馬之玩；皆薰歇燼滅，光沉響絶。東都妙姬，南國麗人，蕙心紈質，玉貌絳唇，莫不埋魂幽石，委骨窮塵，豈憶同輿之愉樂，離宫之苦辛哉！

這不僅是爲這一個城及其統治者的命運寫照，而且是概括了歷來所有統治者的生活命運，他們生前極力經營，盡情享樂，終不免盡成空幻，徒供後人憑弔而已。這篇賦之所以具有普遍深長的感染力量，即在於此，而其意義亦在於此，這無異是給那些勞盡心力以天下爲一姓私產的統治者以冷水澆頂。這篇賦雖是通篇儷句，但是適應着鋪寫的内容和文章氣勢，運用着長短不齊參差錯落的句法，並適當冠以介助虚詞，使文勢時而緊張，時而舒徐，不僅文章氣勢變化多端，而音調亦隨而具有緩急錯綜之美。賦的語言，具有很强的概括性，因而含有巨大的容量，雖然辭藻繁麗，而富於生動的形象性，如從「掛塵」、「駕肩」，極形象地顯示出都市衢道上車馬人徒的填塞擁擠景況，從「撲地」、「沸天」，即把一個殷盛繁華的都市生活景象，儼然展示在讀者的耳目之前。整個賦的悚動人的形象及從其中發出的感染人的力量，主要的是藉助於這些語言的特點而獲得的。

鮑照的一篇《舞鶴賦》，首先描寫白鶴高逸的丰姿，繼寫它不幸被網羅於人世，在人世統治者的役使下，舞出繁多的妙姿，最後表示儘管適合了統治者享樂的需要而受到珍重，但還是向往本來高翔遼廓的自由的。這篇賦可能是應統治者宴樂的需求而受命寫出，而作者却感物及人，寓託了文士因才華被籠絡於統治者的抑鬱心情，也是出身寒微的才士對自己命運的深切慨嘆。

他還有一篇《觀漏賦》，乃感於在漏壺（古代的計時器）之水不斷流注中人生年歲的消逝，如云：「波沉沉而東注，日滔滔而西屬，落繁馨於纖草，殞豐華於喬木。對戾離而後歌，據窮蹊而方哭，雖接薪之更傳，寧絶明之還續。」但想到「理幽分於化前，算冥定於天秩」，最後衹有「姑屏憂以愉思，樂兹情於寸光，從江河之紆直，委天地之圓方，漏盈兮漏虚，長無絶兮芬芳」。即感到自然之不可拒抗，衹有以愉快的心情適應自然的一切以賞樂當前時光中的芳麗事物。這也是封建文人常有的「宇宙無窮，人生短促」的感慨，從看到漏壺的作用而觸發出來的。

再如他的一篇《尺蠖賦》：「智哉尺蠖，觀機而作，申非向厚，屈非向薄，當静泉渟，遇躁風驚，起軒驅以曠跨，伏累氣而並形。冰炭弗觸，鋒刃靡迕，逢嶮蹙蹐，值夷舒步。……動静必觀於物，

消息各隨乎時，從方而應，何慮何思！」極爲生動妙肖地寫出這種小蟲的活動狀態，從形容其天賦的生命智慧中，融入了人生所應有的明智，給予人以重大啓發，於是各種人從它的行動中悟到各自應採取的方針策略：「是以軍算慕其權，國容擬其變，高賢圖之以隱淪，智士以之而藏見。」這樣從對微小事物的賦詠中擺出了重大的人事哲理，很恰當地達到了「以小喻大」的效果。《周易》衹是說：「尺蠖之屈，以求伸也。」這賦從尺蠖的行動把事物的道理鋪陳得更爲廣泛。

上舉幾篇賦即可代表鮑照在這一文體上的成就。他無論鋪寫什麼題材，都能從中寓託他的人生實感，賦予一定的生活意義；而在當時文壇上使用典實大見繁密的風氣下，他仍能大體上運用直接抒寫的方法，因而獲得較好的藝術效果。

與鮑照同時代的謝惠連的《雪賦》及謝莊的《月賦》，可說是兩篇清美鮮麗的賦作。

謝惠連是謝靈運的堂弟，特爲謝靈運所賞愛。據傳謝靈運一次夢見謝惠連，即得到「池塘生春草」這樣清新自然的佳句。他的《雪賦》仍採用漢人假設客主陳說事物的方法，以漢代梁王於雪天宴遊時召請賓友，命司馬相如賦雪，然後命枚乘爲亂辭。其中一段對於雪的描寫非常精彩：

其爲狀也：散漫交錯，氛氳蕭索，藹藹浮浮，瀌瀌奕奕，聯翩飛灑，徘徊委積。始緣甍而冒棟，終開簾而入隙，初便娟於墀廡，末縈盈於帷席，既因方而爲珪，亦遇圓而成璧，眄隰則萬頃同縞，瞻山則千岩俱白。於是臺如重璧，逵似連璐，庭列瑶階，林挺瓊樹，皓鶴奪鮮，白鷴失素，紈袖慚冶，玉顔掩姱。若乃積素未虧，白日朝鮮，爛兮若燭龍，銜耀照崑山。爾其流滴垂冰，緣霤承隅，粲兮若馮夷，剖蚌列明珠。

在這幅圖畫般的描繪中，我們親切看到雪從飄灑到聚積的種種狀態，以及經過它的妝點，使大地成爲另一種清美奇特的世界。其中一系列素光炫耀的奇觀，乃是以清麗的辭藻作誇張比喻的形容而烘托展現出來的。

賦的末端亂辭說：

白羽雖白，質以輕兮；白玉雖白，空守貞兮。未若茲雪，因時興滅，玄陰凝不昧其潔，太陽曜不固其節。節豈我名！潔豈我貞！憑雲昇降，從風飄零，值物賦象，任地班形，素因遇立，污隨染成，縱心浩然，何慮何營！

這一段對於雪的性質的總結，除了在形狀性質上給人以真實感，並把雪加以人格化，賦予它以超然一切，委運隨化而無所用心的性格，體現了作者超曠的道家的人生觀，但並非道家玄理的說教，而衹是放任自然的情調的流溢，因而使人感到饒有意趣。

《月賦》的作者謝莊（四二一—四六六），字希逸，陳郡陽夏人，仕宋至光禄大夫。他的這篇《月

賦》，格局基本上與《雪賦》一致，假設曹植與王粲爲主客，敍寫出月的故事及月夜景物，而體現的精神境界較《雪賦》爲高遠。如開始點出月景時的「白露暖空，素月流天」，使人宛如置身於清美的月夜中。後面敍説了許多有關月的故事，即縱筆作了如下的實地描寫：

> 若夫氣霽地表，雲斂天末，洞庭始波，木葉微脱，菊散芳於山椒，雁流哀於江瀨，昇清質之悠悠，降澄輝之藹藹。列宿掩縟，長河韜映，柔祇雪凝，圜靈水鏡，連觀霜縞，周除冰淨。

在月未昇起之時，先佈設出一幅清淨寧靜的優美境界。當月兒遠遠昇起，光藹大地，於是天地間呈現的祇是一片清幽素潔的景象。篇中並未露出月的形跡，而讀者從文字之表感受的，確是一派穆然淨化的月下清景。賦的末端，係以歌辭，有句云：「美人邁兮音塵絶，隔千里兮共明月。」從月夜美景引起對於美人的思念，更能給人無限優美的遐想，也給後世抒情詩在抒情方法上有所啓發，如唐代詩人張九齡的《望月懷遠》詩云：「海上生明月，天涯共此時。情人怨遥夜，竟夕起相思。」情致深永，韻味一致。這類寫法，在唐代詩人作品中隨處可見的。

上舉二謝的兩篇寫景小賦，雖在敍説中使用了許多典實，以增加篇幅的重量，好在並不繁密，而隨即間以實地景物的描寫，故無氣勢阻滯之病。而篇中所呈現的自然景物之美，也正與當時這種詩風相應，且因賦的篇幅容量較寬及句式之較自由，故自然景物的面貌和精神在其中又自獲得適宜的體現。

生活經歷宋、齊以至梁初的江淹，是這時著名的賦家。他現存的賦將近三十篇，都大體辭藻清麗，其中以《恨賦》和《别賦》二篇最具有獨創性。二賦把人生較普遍的抽象的感情，概括地加以類别，而以各種人的具體生活事實，多方面地鋪寫出來，表明其存在於人們生活中的普遍性。《恨賦》以人生有死爲致恨的總根源，取名時代具有代表性的帝王、名將、美人、高士等，撮舉其生平行爲、遭遇及誌氣，終不免賫恨以没，即因「自古皆有死」之故。其中如寫名將之恨：

> 至如李君降北，名辱身冤，拔劍擊柱，吊影慚魂。情往上郡，心留雁門，裂帛係書，誓還漢恩，朝露溘至，握手何言！

極簡要地道出了李陵慷慨悲涼的身世，及無可彌補的遺恨。《别賦》則以事爲主，鋪寫出各類性質的離别，儘管事因不同，而令人「黯然銷魂」則是一致的。如其寫仕宦之家的夫婦離别：

> 又若君居淄右，妾家河陽，同瓊佩之晨照，共金爐之夕香。君結綬兮千里，惜瑶草之徒芳，慚幽閨之琴瑟，晦高臺之流黄。春宫閟此青苔色，秋帳含兹明月光，夏簟清兮晝不暮，冬釭凝兮夜何長！織錦曲兮泣已盡，回文詩兮影獨傷。

及寫情人之别中有句云：

春草碧色，春水綠波，送君南浦，傷如之何！

均以清麗的物色，襯託出離人的傷感，情味至爲濃厚深長。死本是人生皆所不可避免的，即以帝王之尊，也無法超越，更何況其他一切對自己命運無力主宰的人。因此，在面臨死亡時，任何個人的中心願望，終歸宣告破滅。舊日的知識分子，常普遍具有這樣一種感慨：宇宙無窮，而人生有限。即因存在死亡的問題。又在過去長期封建社會裏，由於人事上的差錯及交通條件的限制，人們的心情，也極易受到離別的摧折，因而傷離也成爲我國古典詩歌中的廣泛內容。作者即把握住過去知識分子這兩類最普遍的人生感情，作爲賦的主題，概括地舉出各類具有代表性的人事，運以精美的抒情筆調，感慨深重地一一道出，故能使讀者爲之迴腸蕩氣，傳爲千古抒情賦的名篇。

二　梁代賦風的靡麗

到了梁代，賦風發生了顯然的變化。這時許多賦作不似宋、齊時的寓有一定的人生實感，而是蕩冶情思的縱恣，與這時的宫體詩風也正相呼應。體現這種賦風的仍是蕭綱、蕭繹及早期生活在南朝的庾信等人的許多作品。他們這類賦的特色是篇幅短小，把鮮麗的物色和柔靡的情思結合鋪陳，寫來清辭流溢，而冶思盪漾。而早在蕭、庾等人之前的沈約，即有與他們的風格一致的《麗人賦》，其中有一段寫美人來時的情態景色：

響羅衣而不進，隱明鐙而未前，中步檐而一息，順長廊而回歸，池翻荷而納影，風動竹而吹衣。薄暮延佇，宵分乃至，出暗入光，含羞隱媚。

把人物的神態及其活動環境，描得極爲精美細緻，可説是深得宋玉、司馬相如描寫美人的藝術技巧的要訣。隨後蕭綱、蕭繹、庾信等便在這方面爭相逞才效伎了。

在蕭、庾等人的作品中，有很多共同的主題，如春、燈、對燭、採蓮、蕩子蕩婦之類，這些作品，當是從同作或應教中產生的。如《春賦》，蕭綱、蕭繹衹存斷片，庾信全篇俱在。庾信在賦的開始寫道：

宜春苑中春已歸，披香殿裏作春衣。新年鳥聲千種囀，二月楊花滿路飛。河陽一縣並是花，金谷從來滿園樹，一叢香草足礙人，數尺遊絲即橫路。

寫出京邑春來，一片風光旖旎人物繁忙之狀。下面寫的是一些貴族婦人的遊春：

釵朵多而訝重，髻鬟高而畏風，眉將柳而爭綠，面共桃而競紅，影來池裏，花落衫中。

充滿篇幅的無非是貴族男女春日的盡情遊樂。最後寫道：

百丈山頭日欲斜，三晡未醉莫還家，池中水影懸勝鏡，屋里衣香不如花。

形容出他們在這良辰美景中，享樂唯恐不足的狂態。庾信有一篇《蕩子賦》，賦的內容，全係蕩子之妻倡婦的閨情。而蕭繹則有《蕩婦秋思賦》，同樣是表達蕩子婦的秋日閨思之情，而蕭作却較

庚作爲勝。

《蕩婦秋思賦》開端寫道：

蕩子之別十年，倡婦之居自憐，登樓一望，惟見遠樹含煙，平原如此，不知道路幾千！

雖是表達閨情，却起得氣勢磅礴，意象開闊，從倡婦眼前的尋常景色中，迸發出她長期蘊積的異常深厚强烈的感情。中間從時節景物着眼，抒寫她的秋日相思之情：

秋何月而不清！月何秋而不明！況乃倡樓蕩婦，對此傷情。於時露委庭蕙，霜封階砌，坐視帶長，轉看腰細。重以秋水文波，秋雲似羅，日黯黯而將暮，風騷騷而渡河，妾怨回文之錦，君思出塞之歌，相思相望，路遠如何！

清明的秋月却成了她長期愁苦的見證，於概括地點明清夜美景對她的無限折磨後，着重描寫當前一切，顯示她樓中長期獨居的可憐。最後歌唱道：

秋風起兮秋葉飛，春花落兮春日暉，春日遲遲猶可至，客子行行終不歸。

以春秋節物之不斷往復，表明蕩婦相思之無窮無盡，篇終給人以烟波浩渺之感。

蕭綱和蕭繹並有《採蓮賦》，都衹是描寫採蓮女的情態，性質和宫體詩近似。在這裏還有值得一提的是蕭綱的《箏賦》，整篇從佈局到描寫以至用事遣辭，都比較完美，可與蕭統《文選》中收入的《洞簫賦》、《琴賦》、《笙賦》等作品並列的。

蕭、庾等人的這些抒情小賦，就其内容言，意義極小，衹是從中反映出當時統治階級生活的淫靡。即以蕭繹的《蕩婦秋思賦》言，也非如唐人「閨怨」詩類之具有實際生活意義。但它們在形式上還有所創造，在這些短小的篇章裏，於四、六句式之外，還雜入大量的五、七言詩句，在鮮麗的辭采中，運以流利的氣勢，形成一種特具的鮮麗而疏暢的風格。這樣雜用五、七言詩句入賦的形式，後被初唐四傑所採用，搆成四傑文體的一種形式因素。就是這些賦中描寫事物的方法和辭藻，也被唐代詩人尤其是晚唐五代詞人所吸取的。

第四節　庾信詞賦的老成

庾信被羈留在北朝後，文風與前期截然不同，無論是詩或賦，都表現得意緒蒼涼，辭氣雄健，一掃生活在南朝時的那種輕靡之風。杜甫在《戲爲六絶句》詩中說：「庾信文章老更成，凌雲健筆意縱横。」即是高度評價他晚期文學創作的卓越成就。就他的詞賦言，無論是在思想性或藝術形式的發展上，都達到前所未有的高度，標誌着這一文體的最高成就。他後期的賦作有《哀江南賦》、《小園賦》、《竹杖賦》、《枯樹賦》、《傷心賦》諸篇，都是悲感身世傷懷故國的血泪迸溢之作，而《哀江南賦》則是最充分最集中地抒寫他的身世故國之痛的宏篇巨製。

在《哀江南賦》裏,庾信除了感慨地陳敍自己家世本末及一身不幸遭遇外,更着重地追溯故國梁朝由極盛而至衰亡的經過及因由,深刻表達其對故國復滅的痛定思痛的情懷。他在賦中確切地揭示出梁朝之所以有金陵和江陵的兩次復亡:先則是由於梁武帝蕭衍之一味晏安及粉飾太平,而昧於國家嚴重的危機,如賦中這一段所描寫的:

於時朝野歡娱,池臺鐘鼓,裏爲冠蓋,門成鄒魯。連茂苑於海陵,跨横塘於江浦。東門則鞭石成橋,南極則鑄銅爲柱,橘則園植萬株,竹則家封千户。西費浮玉,南琛没羽,吴歈越吟,荆艷楚舞,草木之遇陽春,魚龍之逢風雨。五十年中,江表無事,王歙爲和親之侯,班超爲定遠之使,馬武無預於甲兵,馮唐不論於將帥。豈知山岳暗然,江湖潛沸,漁陽有閭左戍卒,離石有將兵都尉。天子方删詩書,定禮樂,設重雲之講,開士林之學,談劫燼之灰飛,辨常星之夜落。地平魚齒,城危獸角,卧刁鬥於滎陽,絆龍媒於平樂,宰衡以干戈爲兒戲,縉紳以清談爲廟略。乘潰水以膠船,馭奔駒以朽索,小人則將及水火,君子則方成猿鶴,敝箄不能救鹽池之鹹,阿膠不能止黄河之濁。既而鲂魚赬尾,四郊多壘,殿狎江鷗,宫鳴野雉,湛盧去國,艅艎失水,見被髮於伊川,知百年而爲戎矣。

繼則由於梁元帝蕭繹之自私殘忍,且暗於遠謀,終因内爭而搆成外患。賦中於肯定蕭繹之平定侯景叛亂後接着説:

沉猜則方逞其欲,藏疾則自矜於己,天下之事没焉,諸侯之心摇矣。既而齊交北絶,秦患西起,況背關而懷楚,異端委而開吴。驅緑林之散卒,拒驪山之叛徒,營軍梁溠,搜乘巴渝,問諸淫昏之鬼,求諸厭劾之符。荆門遭廪延之戮,夏口濫逵泉之誅,蔑因親以教愛,忍和樂於彎弧。既無謀於肉食,非所望於論都。未深思於五難,先自擅於三端,登陽城而避險,卧砥柱而求安,既言多於忌刻,實誌勇而形殘,但坐觀於時變,本無情於急難,地惟黑子,城猶彈丸,其怨則黷,其盟則寒,豈冤禽之能塞海,非愚叟之可移山。……周含鄭怒,楚結秦冤,有南風之不競,值西鄰之責言。俄而梯冲亂舞,冀馬雲屯,俴秦車於暢轂,沓漢鼓於雷門,下陳倉而連弩,渡臨晉而横船。雖復楚有七澤,人稱三户,箭不麗於六麋,雷無驚於九虎,……乃使玉軸揚灰,龍文折柱。……若江陵之中否,乃金陵之禍始,雖藉人之外力,實蕭墻之内起,撥亂之主忽焉,中興之宗不祀。

總之,一切應歸咎於人謀之不善,這些沉痛的回溯,是極爲真實而深切的。作者的這些追溯,使我們充分感到梁朝君臣之腐敗昏庸及自私自利,其陷於滅亡實是罪有應得。但作爲梁臣的庾信,在追溯到這一切時,自不能不痛心疾首的了。因此,他的這些對梁朝君臣的嚴厲深刻的批判,正是從對故國深厚痛切的愛情發出的。

西魏下江陵後，即俘虜了梁朝臣民數萬口回長安，作爲奴隸。庾信曾悲憤地追述江陵臣民這次流離遷徙的慘痛，及自己對故國的生死懷念：

冤霜夏零，憤泉秋沸，城崩杞婦之哭，竹染湘妃之泪。水毒秦涇，山高趙陘，十里五里，長亭短亭，饑隨蟄燕，暗逐流螢，秦中水黑，關上泥青。於時瓦解冰泮，風飛電散，渾然千里，淄澠一亂，雪暗如沙，冰横似岸，逢赴洛之陸機，見離家之王粲，莫不聞隴水而掩泣，向關山而長嘆。況復君在交河，妾在青波，石望夫而逾遠，山望子而逾多，才人之憶代郡，公主之去清河，栩陽亭有離别之賦，臨江王有愁思之歌。别有飄颻武威，羈旅金微，班超生而望返，温序死而思歸，李陵之雙鳧永去，蘇武之一雁空飛。

整個賦的内容，雖然都是藉用典故成言表達出，但很多的典故或成言，都被作者運用得非常恰當靈活，通過那些典故或成言的概括所表現出的生活内容，在讀者印象中産生的現實感仍極豐富明切而突出有力。如「宰衡以干戈爲兒戲」，乃是運用漢文帝的話，他從細柳軍中出後，批評霸上、棘門兩軍之軍紀鬆弛説：「霸上、棘門若兒戲耳。」這一典故被運用來，確切地表明了當時執政大臣之輕視武備。縉紳之崇尚清談，乃是西晉政權所以瓦解的一種因素。賦云：「縉紳以清談爲廟略」，乃是藉用西晉末的朝臣風習比喻梁朝情況，這種惟務虛浮之談而不顧國家大計的頽腐風習，給國家造成重大的惡果，在西晉和蕭梁兩朝確是極爲類似的。當時的朝廷在軍事和政治上是這樣昏庸腐敗，所以接着比喻地指出這種情勢的危險，如同「乘漬水以膠船，馭奔駒以朽索」。「馭奔駒以朽索」乃本於僞古文《尚書・五子之歌》：「予臨兆民，懔乎若朽索之馭六馬。」而庾信用「奔駒」二字尤爲有力地形容出情勢的急迫。庾信運用典故的方法非常繁多，除了一般正用的，還有反用的，如「讓東海之濱，遂餐周粟」；除了一般獨用的，還有合用的，如「釣臺移柳，非玉關之可望」；也有以虛爲實的，如「季孫行人，留守西河之館」；也有虛實連用的，如「班超生而望反，温序死而思歸」；也有把兩極端凝合起來的，如「併吞六合，不免軹道之灾」。其他還有種種方式，隨勢而異，不可勝舉。他善於按照生活本身的實況，在其豐博的學問基礎上，選取恰合的故實，加以靈活巧妙的運用，使之能委曲比喻地表達出他的豐富深刻的思想感情，雖然所有的典故彼此毫不相涉，但並不妨礙其給予讀者感受的完整性。但也有由於句式的束縛，而又必須求得對仗的工整，在用事和造句上不免牽强生硬的，如「申包胥之頓地，碎之以首」，及「崩於鉅鹿之沙，碎於長平之瓦」，正暴露了駢文本身存在的缺陷，在庾信的筆下仍不能不産生疵病。

這篇賦的句法，基本上是四、六句，而雜以三、五、七、八、九等多種句式，適當運用以發端或轉折虛詞，使整個篇中氣勢，隨着感情變化而時起時伏，或緩或急，即四、六句的排列亦常轉换不定，所

以即令是這樣長篇駢儷之體，也使人毫不感到呆板滯澀，而作者慷慨悲壯的激情，始終起伏洶湧於詞章機杼間，震撼着讀者的心弦，引起强烈的共鳴。

除了《哀江南賦》，上面舉出的另幾篇賦，都是庾信藉不同的事物，從不同的方面抒發他對故國及自己身世之痛的。在這幾篇中，《枯樹賦》和《小園賦》較爲有名。《枯樹賦》開始假託殷仲文在失意時對庭中槐樹發出感嘆説：「此樹婆娑，生意盡矣。」同樣寄寓自己對人生的消沉意緒。後面即縱筆鋪寫各種樹的遭遇命運，其中寫到木的拔本傷根慘狀，用以影射地比喻自己失國喪家，流離異域。最後直接説到自己：

> 況復風雲不感，羈旅無歸，未能採葛，還成食薇，沉淪窮巷，蕪没荆扉，既傷摇落，彌嗟變衰。

庾信之由江陵出使西魏，其中當亦因避讒之故，後來國亡屈仕魏、周，這種沉痛的精神創傷，曾隨處呻吟出來。如《哀江南賦序》曾説：「讓東海之濱，遂餐周粟。」「餐周粟」與「食薇」同是用伯夷叔齊的故事，意思是一致的。而《擬詠懷》詩中更説：「避讒猶採葛，忘情遂食薇，懷愁正摇落，中心愴有違，獨憐生意盡，空驚槐樹衰。」意思與《枯樹賦》這裏所表達的完全一樣，也可作爲本賦中心思想的概括説明。賦的末尾用桓温實際曾説過的話：「樹猶如此，人何以堪！」意在表明自己此時内心之難堪。

他的一篇《小園賦》，是他對自己生活態度的表白，篇中表面是寫他生活居處之事，在開始一節中即表示説：「黄鶴戒露，非有意於乘軒；爰居避風，本無情於鐘鼓。」自己的生活需求本來是很低微的。接着大幅描寫了他家園的景物後，立即表明説「名爲野人之家，是謂愚公之穀」，而於家居時「屢動莊舄之吟」，可見其思楚之情未忘。最後追述自己家世，及不幸地經歷重大國家灾難，「遂乃山崩川竭，冰碎瓦裂，大盜潛移，長離永滅」。以致流離到苦寒的北方，而悔恨自己「不暴骨於龍門，終低頭於馬坂」。他的這種消沉的生活態度，乃因身負難堪的精神創傷所致。他的這篇賦和潘岳的《閒居賦》雖同是鋪寫家居生活之事，而其感情的真僞和意義的輕重是絶然不同的。

《竹杖賦》假託桓温平定荆州，有一個名士楚丘先生去見他，他把一條精美的竹手杖送給楚丘先生，以便「養老」、「扶危」，表示對楚丘先生的尊重，而楚丘先生認爲國家統治者不知他的憂慮，這條手杖不能助他養病，於是敍他的憂病由來説：

> 若乃世變市朝，年移陵谷，猿吟鷹厲，風霜慘黷，楚漢爭衡，袁曹競逐……胡馬哀吟，羌笳悽囀，親友離絶，妻孥流轉。……是以憂干扶疏，悲條鬱結，宿昔傲醜，俄然耄耋。

賦的中心意思，乃是表明自己的憂病衰老，乃因人世巨變、戰亂流離所致，新的統治者對自己的優

禮，不能醫治自己的家國之痛。

他的《傷心賦》乃是傷痛自己的子女在戰亂中殀折的。他在賦序中說：「二男一女，並得勝衣，金陵喪亂，相守亡没。」賦裏也沉痛地陳説道：

在昔金陵，天下喪亂，王室板蕩，生民塗炭。……膝下龍摧，掌中珠碎，芝在室而先枯，蘭生庭而早刈。

整個篇中，充滿了對於戰亂中死去的兒女的傷痛之情，這和對國家破亡的哀悼是分不開的。

由上諸賦看來，庾信在其中抒發的故國之痛是非常沉重强烈的，杜甫的《詠懷古跡》詩云：「庾信平生最蕭瑟，暮年詩賦動江關。」概要地指出了他的遭遇與其詩賦創作的關係。他的這些賦與其《擬詠懷》詩等老成之作，是他生活在江南時所不可想象的。他由於國家破亡，身世顛沛，而故國之痛，流離之苦，常沸湧於腑臟，故能迸發出這種血泪盈溢的沉痛悲壯之聲。

第九章　駢體文的發展

第一節　駢文發展的歷程

駢文是我國文學史上特有的一種文體，這完全是由我國文字之爲獨音體所決定的。由於文字爲獨音體，乃可有字數相等的並列偶句，並可在偶句中講求詞義的對稱。這種現象，由來久遠，如《尚書·大禹謨》説：「滿招損，謙受益。」《論語·衛靈公篇》説：「言忠信，行篤敬。」其他各種長短不齊的偶句，在經傳諸子中可常見到。這種駢偶的句子，雖在古代著作中可見到許多，但各在其篇章之内仍是偶然出現的。它們的出現，往往在意義緊要之處。因爲在單散的文句中，忽然插入個別的整齊偶句，更富有警動人的效果，如古人常在言談中引用的諺語或成言，多爲整齊偶句，即可證明這種作用。但在文學作品中，駢偶辭句之由偶然出現而至全篇一致，其發展歷程仍是很長遠的。

文章的駢化，開始於東漢而成熟於南北朝，我們可從「四史」的傳論察出明白的跡象。因爲史書的讚論和序述，是「綜緝辭采」「錯比文華」「事出於沉思，義歸乎翰藻」（《文選序》）。足以顯示各個時代文學藝術的風格特點的。我們試先看《史記》的《酷吏列傳論》：

太史公曰：自郅都、杜周十人者，此皆以酷烈爲聲。然郅都伉直，引是非爭天下大體；張湯以知陰陽人主，與俱上下，時數辯當否，國家賴其便；趙禹時據法守正；杜周從諛，以少言爲重。自張湯死後，網密，多詆嚴，官寖以耗廢，九卿碌碌奉其官，救過不贍，何暇論繩墨之外乎！然此十人中，其廉者足以爲儀表，其污者足以爲戒，方略教導，禁姦止邪，一切亦皆彬彬質有其文武焉。雖慘酷，斯稱其位矣。

《漢書》的《酷吏列傳》，大部份是因襲《史記》的，就是序和讚也是如此。下面是《漢書》的《酷吏列傳讚》：

讚曰：自郅都以下，皆以酷烈爲聲。然都抗直，引是非，爭大體；張湯以知阿邑人主，與俱上下，時辯當否，國家賴其便。趙禹據法守正；杜周從諛，以少言爲重。張湯死後，網密事叢，寖以耗廢，九卿奉職，救過不給，何暇論繩墨之外乎。自是以至哀、平，酷吏衆多，然莫足數，此其知名見紀者也。其廉者足以爲儀表，其污者方略教導，一切禁姦，亦質有文武焉。雖酷，稱其位矣。

這兩篇史傳論讚的内容，完全相同，它們的差異衹在辭句之間，即由原來長短參差的句子，變爲比較整齊的句子。這種辭句的變動，不能認爲是班固故作變異，實是受着當時文章風格要求的支配的。在晉初陳壽的《三國誌》中，情況更不同了，試看《諸葛亮傳論》：

評曰：諸葛亮之爲相國也，撫百姓，示儀軌，約官職，從權制，開誠心，布公道。盡忠益時

者，雖仇必賞；犯法怠慢者，雖親必罰；服罪輸情者，雖重必釋；遊辭巧飾者，雖輕必戮。善無微而不賞，惡無纖而不貶。……可謂治世之良才，管蕭之亞匹矣。然連年動衆，未能成功，蓋應變將略，非其所長歟！

這篇傳論，遠非《漢書》傳讚之僅在句法趨於整齊可比，它不僅在句法上而且在詞義上，都是整齊排對着的，已確具完整的駢偶形體了。不過，在語言的運用上，它還是很質實的，并且還不會追求音節的諧美。而劉宋時代范曄《後漢書》中的傳論，即在這兩方面跨進一步，使駢文的形式更趨完美。如其《蔡邕傳論》：

論曰：意氣之感，士所不能忘也；流極之運，有生所共深悲也。當伯喈抱鉗扭，徙幽裔，仰日月而不見照燭，臨風塵而不得經過，其意豈及語平日幸全人哉！及解刑衣，竄甌越，潛舟江壑，不知其遠；捷步深林，尚恐不密；但願白首歸丘，歸骸先壟，又可得乎！董卓一旦入朝，辟書先下，分明枉結，信宿三遷。匡導既申，狂僭屢革，資同人之先號，得北叟之後福。屬其慶者，夫豈無懷！……

從這篇傳論裏，我們可看到，句法的靈活，辭采的精美，音調的諧和，故實的徵用，整個的標誌着駢文形式之進入成熟階段。

在上舉一系列例子中：《漢書》的傳讚，表明了在一世紀的後半葉（東漢中葉），即已把西漢的散文，在句法上從參差不齊導上趨於整齊的道路；《三國誌》的傳論，顯示着三世紀末（西晉之初）的文章，除了句法更形嚴整，並已大體上從事詞義的偶對了；《後漢書》的傳論，則標誌着五世紀的上半葉（劉宋時代），文章的駢化達到了成熟的階段。

但是，上述現象，衹是駢文發展過程的大致步驟。而作爲駢文幾個重要的組成因素：辭句的排偶，辭藻的敷設，典故的運用，聲律的講求，所有這一切，同時集中地體現在文學作品上，其經歷途程是複雜錯綜的，這從各個時代代表作家的作品中可以尋察出。

早在東漢中葉，《漢書》作者班固的其他作品如《兩都賦》和《答賓戲》等，比起司馬相如的《子虛賦》和《上林賦》，和東方朔的《答客難》，不僅句法更多排偶，而辭藻亦更繁富。比班固時代稍晚的張衡，其《兩京賦》比班固的《兩都賦》，辭藻更爲富麗。就在文人有意爭勝的動機下，文章的形式更多地被注意講求了。繼班固的《答賓戲》之後，張衡的《應間》，蔡邕的《釋誨》，它們都是一致的，篇中大多數是整齊的偶句，間或從事詞義的屬對，而加以豐美的辭藻。這一切都表明了，文章駢化的趨勢，在東漢文人的創作中已經形成。

從建安以至魏末時期，文章的駢化，並非在各方面都是直綫前進的。建安時代的作者，如

《典論・論文》所形容，在「咸以自騁驥騄於千里，仰齊足而並馳」的情勢下，各在其博贍的學問基礎上盡量表現其才華，因而他們的創作都輝耀着絢爛的辭采，顯示着文章修辭方面的進步。另一方面，他們所具有的時代精神「慷慨之氣」，使其作爲創作内容的思想感情，具有一種不爲形式所羈約的充沛力量。因此，篇中的句法，駢散相間，隨勢變異，所有的偶句，都在奇句的推帶下運行着。這樣，在整個的篇章中，既呈現辭句的匀稱之美，並貫注着疏暢諧婉之氣。就是偶句，除了間或有詞義屬對工整的，而更多的衹是字數的匀稱，更或有衹是意義的相對，而不顧字句的匀稱，如「顧西尚有違命之蜀，東有不臣之吳」，及「昔賈誼弱冠求試屬國，請係單於之頸而制其命；終軍以妙年使越，欲得長纓占其王羈致北闕」（俱見曹植《求自試表》）。由此可見，這時文章辭句的偶對，還是很自然的。這種情況，直至魏末時期仍是如此，這在嵇康的書、論中表現得很顯著。由此可見，建安正始時期的文章句法及由之形成的文章氣勢，反較東漢時期爲疏暢而不似其那樣凝重。所以，這一時期的文章，雖尚是處於駢化過程的中期，但以其内容的充實，形式的靈活鮮美，其所形成的文質彬彬之美，使其藝術性達到這一文體的相當優美境界，遠比其形式成熟時期爲高。

從西晉時期起，駢文形式的各個方面又趨向凝煉的道路。一篇之中，句子幾乎整個是排偶的，辭句屬對的成分也加多了，使用的詞語力求從典籍中提取，如《文賦》所説的「傾羣言之瀝液」，而事理的闡述，更多藉助於典故。如下引陸機的《豪士賦序》：

且夫政由寧氏，忠臣所爲慷慨；祭則寡人，人主所不久堪。是以君奭鞅鞅，不悦公旦之舉；高平師師，側目博陸之勢。而成王不遣嫌吝於懷，宣帝若負芒刺於背，非其然者歟！嗟乎！光於四表，德莫富焉；王曰叔父，親莫昵焉；登帝大位，功莫厚焉；守節没齒，忠莫至焉：而傾側顛沛，僅而自全；則伊生抱明允以嬰戮，文子懷忠敬而齒劍，固其所也。因斯以言，夫以篤聖穆親如彼之懿，大德至忠如此之盛，尚不能取信於人主之懷，止謗於衆多之口，過此以往，惡睹其可！安危之理，斷可識矣。又況乎饕大名以冒道家之忌，運短才而易聖哲所難者哉！

這一段文章，具備着駢文形式進一步發展的各種特徵，尤其是辭句的整齊排偶屬對，在駢文形式的主要因素上提出了新的榜樣，這樣由句法上形成的整個文章的氣勢也是駢整的，建安時期以來文章的疏散之氣乃逐漸消失，不過還未達到南北朝時那樣凝滯的地步。這一方面由於作者用字還能直接地切合事理，儘管其所用的字是從典籍中提煉出的。另一方面，由於用典還不太繁密，如這一段衹是着重從周公與成王、霍光與宣帝的故事，反復地闡明君臣嫌隙之難避免的道理，其餘的幾個典故則從屬於這一中心義理，意思至爲明顯，所以在駢整的句法中，還流動着疏宕的氣勢。但如「政

由寧氏」和「祭則寡人」，這種藉喻的用典方法，則是宋、齊以後因用典而致文章晦澀的開端了。

到了劉宋時代，駢文進一步表現的特徵，乃是使用典故的繁多。鍾嶸的《詩品序》曾指出這種情況說：「顏延、謝莊，尤爲繁密，於時化之，故大明（宋孝武帝年號）、泰始（宋明帝年號）中，文章殆同書抄。」我們試看顏延之的《三月三日曲水詩序》（《文選》卷四六），謝莊的《宋孝武宣貴妃誄》（《文選》卷五七）確如鍾嶸所說，幾乎是「句無虛語，語無虛字」，非常滯澀難讀了。

齊、梁之際，一方面由於聲律之説興起，作者更有意識地調節聲音，使有抑揚錯綜之美。其方法大致是使每兩句爲一聯，每聯句末二字的音，平仄互異，而上下相連的兩聯，音節又相對立，如沈約在《宋書・謝靈運傳論》中所說的：「若前有浮聲，則後須切響，一簡之內，音韻盡殊，兩句之中，輕重悉異，妙達此旨，始可言文。」沈約所揭示及其所自實踐於這段文章中的聲律，確爲以後駢文家所一致大體奉行的準則。另一方面，在句法上因力求勻稱之美而大體趨於四六。句子的勻稱自以偶數爲宜，而短句的四言和長句的六言是最爲適當的，因爲比四言更短的二言太急促，比六言更長的八言太冗漫，於是句法多趨向於四言和六言，把這兩種句式以各種相間相重的方法運用起來，可使通篇的句法同時具有勻整和錯綜之美。駢文的形式，由於這兩方面因素的具備，乃達到無以復加的完美境地。處於南北朝末期的徐陵、庾信的作品之被後人奉爲駢文的典範，即因他們在其中集中地發揮了駢文各種形式因素的作用。我們試看下録的一段徐陵的《玉臺新詠序》：

既而椒宮宛轉，柘館陰岑，絳鶴晨嚴，銅蠡晝靜。三星未夕，不事懷衾；五日猶賒，誰能理曲。優遊少託，寂寞多閑，厭長樂之疏鐘，勞中宮之緩箭。纖腰無力，怯南陽之擣衣；生長深宮，笑扶風之織錦。雖復投壺玉女，爲歡盡於百驍；爭博齊姬，心賞窮於六箸。無怡神於暇景，惟屬意於新詩，庶得代彼萱蘇，微蠲愁疾。

這段文章的內容，不過説那些宮廷婦女在長日寂靜的宮廷中，生活悠閑得夠煩膩了，沒有什麼事情可作，平常賭博的遊戲也玩厭了，衹有寫寫詩來消磨時光，排遣愁悶。但在藝術形式上，辭藻典實的巧麗，音節的鏗鏘，對仗的工穩，句調的整齊而又錯綜，都標誌着這一文體的藝術形式發展到高度成熟精美的地步。

由上所述，可見在我國文學史上駢文的出現，乃是我國文學在具有獨特性的文字條件下必然的現象。它的逐步發展，乃是以作家對於文學藝術形式美的極力追求爲動力。最初由於作家在學問才華上相互爭高，並企圖從形式的藝術加工以加强對於內容的表現力，故作品的內容意義和形式技巧，尚能保持一定程度的和諧性。以後，尤其在宋齊以後，許多作者由於生活的貧乏空虛，

衹是一味在形式技巧上下功夫，在這種風氣下，以致許多作品徒具浮華的外表，而流於形式主義。駢文之常爲後世批評者所非議，其原因即在此。但是，即在後世認爲文風卑靡即駢文最盛的南北朝時代，也還有不少優秀作家，以具有一定現實意義的思想感情爲內容，以豐贍的學問修養和藝術才華，運用這一形式所需要的高度藝術技巧，仍爲我們留下不少優秀的文學藝術珍品。

第二節　建安及魏末時期的駢文

建安時期，由於社會現實的影響，在文壇上形成的慷慨任氣之風，使在東漢逐漸駢化的文章趨勢，演爲一股汹湧的洄流。這時在詩賦以外各種體裁的作品，都是以散帶駢，氣勢疏暢，論述事理則縱横捭闔，悚人視聽，抒發情意則抑揚往復，悱惻動人，無絲毫壅阻疏隔之弊。如曹丕的《典論·論文》好像是個不存形跡的人一樣，不作勢態，以感慨發端，敘説文事利弊，既是説理，亦是抒情，試看其末端一段：

> 蓋文章經國之大業，不朽之盛事。年壽有時而盡，榮樂止乎其身，二者必至之常期，未若文章之無窮。是以古之作者，寄身於翰墨，見意於篇籍，不假良史之辭，不託飛馳之勢，而聲名自傳於後。……而人多不强力，貧賤則懾於饑寒，富貴則流於逸樂，遂營目前之務，而遺千載之功，日月逝於上，體貌衰於下，忽然與萬物遷化，斯誌士之大痛也。

儘管大體上都是駢句，而無論是句法上辭語上都很明切自然，所以讀起來感覺氣勢流走，如轉動圓環，婉轉流利。他的《與吴質書》也是一篇優美的抒情之作，其中有云：

> 昔年疾疫，親故多離其災，徐、陳、應、劉，一時俱逝，痛可言邪！昔日遊處，行則連輿，止則接席，何曾須臾相失！每至觴酌流行，絲竹並奏，酒酣耳熱，仰而賦詩，當此之時，忽然不自知樂也。謂百年己分，可長共相保，何圖數年之間，零落略盡，言之傷心。頃撰其遺文，都爲一集，觀其姓名，已爲鬼録。追思昔遊，猶在心目，而此諸子，化爲糞壤，可復道哉！觀古今文人，類不護細行，鮮能以名節自立；而偉長獨懷文抱質，恬淡寡欲，有箕山之志，可謂「彬彬君子」者矣。著《中論》二十餘篇，成一家之言，辭義典雅，足傳於後，此子爲不朽矣。

前面悼念徐、陳、應、劉諸子，情意至爲深厚，雖句較整齊，但很自然，未求辭義的屬對，時在偶句之後，束以單句，故不覺板滯。而「觀古今文人」以下一層接着，運用較重的散行句法，使氣勢舒徐和緩，隨後各層都是這樣疏密相間，駢散兼行，所以整篇文勢，隨着作者感情的轉換而縈迴動盪。最後由傷悼朋友而轉念到自己，情致非常深永。

曹植的《與楊德祖書》，是和《與吴質書》一同被人稱誦的作品。作者在其中主要的是論文學創作。開始一段敘説當時文人之盛，及對個別作家提出評論。接着談到創作不可免地總會有

所不足，然後談到批評之事，並指出儘管「人各有好尚」，但一首創作總有可取之處。最後表白自己生平的志氣，要爲國建立不朽的功業，文章還在其次，如果建立功業的目的達不到，就從事歷史的專著。作者的志氣和個性，無所隱晦地抒發得淋漓盡致。通篇才氣横溢，光芒四射，和曹丕《與吴質書》那種沉着凄婉的風格迥然不同。下面録其首尾各一段，可以見其風概：

昔仲宣獨步於漢南，孔璋鷹揚於河朔，偉長擅名於青土，公幹振藻於海隅，德璉發跡於此魏，足下高視於上京，當此之時，人人自謂握靈蛇之珠，家家自謂抱荆山之玉。吾王於是設天網以該之，頓八紘以掩之，今悉集兹國矣。然此數子，猶復不能飛軒絶跡，一舉千里也。以孔璋之才，不閑於辭賦，而多自謂能與司馬長卿同風，譬畫虎不成反爲狗也。前有書嘲之，反作論盛道僕讚其文。夫鍾子期不失聽，於今稱之；吾亦不能妄嘆者，畏後世之嗤餘也。

辭賦小道，固未足以揄揚大義，彰示來世也。昔揚子雲先朝執戟之臣耳，猶稱壯夫不爲也。吾雖薄德，位爲蕃侯，猶庶幾戮力上國，流惠下民，建永世之業，留金石之功，豈徒以翰墨爲勳績，辭賦爲君子哉！若吾誌未果，吾道不行，則將採庶官之實録，辯時俗之得失，定仁義之衷，成一家之言，雖未能藏之於名山，將以傳之於同好，非要之皓首，豈今日之論乎！

這時許多應用到軍事政治上的章表檄文，也都表現出這個時代特有的慷慨之氣。如曹植的《求自試表》、《求通親親表》、《陳審舉表》，陳琳的《爲袁紹檄豫州》、《檄吴將校部曲》等，都是卓然常被後世稱誦的好作品。曹植的這幾篇表文，都表達了他在長期政治壓抑下，急欲爲國有所作爲而不可得的憤激心情。即以《求自試表》言，作者首先陳述自己無功於國而蒙受優厚爵禄的慚愧心情，後面聯繫當時國家形勢表白自己的志氣，希望能得到皇帝的任用，當不惜爲國捐軀。他把説理、論事、言誌三者結合着，其中雖引用了許多故事以自反復比擬，而整個的都是披肝瀝膽，盡情直陳。如其中有云：

竊不自量，志在效命，庶立毛髮之功，以報所受之恩。若使陛下出不世之詔，效臣錐刀之用，使得西屬大將軍，當一校之隊，若東屬大司馬，統偏師之任，必乘危躡險，騁舟奮驪，突刃觸鋒，爲士卒先。雖未能禽權馘亮，庶將虜其雄率，殲其醜類，必效須臾之捷，以滅終身之愧，使名掛史筆，事列朝榮，雖身分蜀境，首懸吴闕，猶生之年也。如微才弗試，没世無聞，徒榮其軀而豐其體，生無益於事，死無損於數，虚荷上位，而忝重禄，禽息鳥視，終於白首，此徒圈牢之養物，非臣之所誌也。流聞東軍失備，師徒小衄，輟食棄餐，奮袂攘衽，撫劍東顧，而心已馳於吴會矣。

儘管句法都很整齊，而作者舍身爲國的雄心壯誌，勃然騰躍紙上。他在《陳審舉表》的篇末曾這

樣説道：

> 夫能使天下傾耳注目者，當權者是矣。故謀能移主，威能懾下，豪右執政，不在親戚。權之所在，雖疏必重；勢之所去，雖親必輕。蓋取齊者田族，非吕宗也；分晉者趙魏，非姬姓也。惟陛下察之。苟吉專其位，兇離其患者，異姓之臣也；欲國之安，祈家之貴，存共其榮，没同其禍者，公族之臣也。今反公族疏而異姓親，臣竊惑焉。

公然這樣明目張膽，直陳當時朝廷權力有被篡奪的危機，言論至爲剴切，和劉向論王氏勢盛的封事的文章意義是一致的。後來司馬氏終於取魏而代之，曹植所憂慮而在這裏明白告誡的政治危機，果然成爲了事實。這篇文章論説的中心是要朝廷善於任用賢能，因而論到應不排斥宗族，仍是從自己有志而不獲伸展的痛憤之情激起的。

在章表書記方面，陳琳堪稱健筆。他的《爲袁紹檄豫州》、《爲袁紹與公孫瓚書》、《檄吴將校部曲》，都是以洋洋灑灑的辭藻，誇張形勢，引證古今，陳説利害，具有很大的鼓動力量。其中《爲袁紹檄豫州》最有名。建安五年（二〇〇），袁紹從河北率領大軍南攻曹操，命令陳琳草寫這篇檄文，意在動摇曹操屬下豫州地方的士衆。文章着重宣傳的在兩個方面：一是宣佈曹操的罪惡，以表明袁紹討伐曹操的正義性，一是宣揚袁紹軍力的强大及曹操部衆的弱點，以顯示袁軍的必勝，而爭取與曹操相鄰州郡的響應。檄文中除了揭露曹操醜惡的家世，殺害了有才能的朝臣，更有力地宣佈了曹操在政治上的重大罪惡：

> 操便放志專行，脅遷當御省禁，卑侮王室，敗法亂紀。坐領三臺，專制朝政，爵賞由心，刑戮在口。所愛光五宗，所惡滅三族，羣談者受顯誅，腹議者蒙隱戮。百僚鉗口，道路以目，尚書記朝會，公卿充員品而已。……操又特置發邱中郎將，摸金校尉，所過隳突，無骸不露。身處三公之位，而行桀虜之態，污國虐民，毒施人鬼。加其細政苛慘，科防互設，罾繳充蹊，坑阱塞路，舉手掛網羅，動足觸機陷。是以兖豫有無聊之民，帝都有吁嗟之怨，歷觀載籍，無道之臣，貪殘酷烈，於操爲甚。

所有這些，作者都是根據一定的事實，將其集中，和盤託出，從揭露對方的罪惡着眼，尖鋭地點明其嚴重性，便足悚動讀者，激起共同對曹操罪惡的憤怒。後面擺出袁軍壓倒一切的優勢，極爲浩大壯觀：

> 幕府奉漢威靈，折衝宇宙，長戟百萬，胡騎千羣，奮中黄育獲之士，騁良弓勁弩之勢。并州越太行，青州涉濟漯，大軍泛黄河而角其前，荆州下宛葉而掎其後，雷霆虎步，並集虜庭，若舉炎火以焫飛蓬，復滄海以沃熛炭，有何不滅者哉！

這裏雖然不免有所誇張，也大致符合當時實際情況，最後更從封建政治的高度，攻擊曹操政治上的要害說：

又操持部曲精兵七百，圍守宫闕，外託宿衛，内實拘執，懼其篡逆之萌，因斯而作。此乃忠臣肝腦塗地之秋，烈士立功之會，可不勗哉！

這種政治上的罪狀，在封建社會足以構成衆矢之的，能使曹操讀之駭然汗流浹背的。由於袁紹當時佔有軍事上的優勢，而曹操的行跡，確有不少足爲口實的，所以這篇檄文，以仗義的姿勢，慷慨陳詞，表現了作者雄富的才華和强健的筆力。官渡戰役，袁紹由於無能，終於被曹操以劣勢的軍力所戰勝。陳琳被俘見曹操時，曹操對陳琳說：「卿昔爲本初（袁紹字）移書，但可罪狀孤而已，惡惡止其身，何乃上及父祖耶？」陳琳答說：「矢在弦上，不可不發。」曹操終於「愛其才而不咎」，被傳爲文壇上的佳話。

此外還有阮瑀的《爲曹公作書與孫權》，王粲的《爲劉荆州與袁譚書》、《爲劉荆州與袁尚書》，風貌大致與上舉陳琳檄文相類，但遜陳作的雄健，當由這三篇書信的内容和作用要求深切委婉，故不能如陳的檄文那樣的縱筆鞭撻，金鼓雷震般地令人悚驚了。另外還有值得一提的是應玚的一篇《弈勢》，歷敘圍棋的各種局勢，而證以古代及當時的各個戰役，喻事警切，辭藻繽紛，體現了作者雄富的才力。下面録其篇首一則，以示一斑：

蓋棋弈之制，所由來尚矣，有象軍戎戰陣之紀。旃旗既列，權慮蜂起，駱驛雨集，魚鱗雁峙，奮維閫翼，固衛邊鄙。或飾遁僞旋，卓轢軿列，羸師延敵，一乘虚絶，歸不得合，兩見擒滅。淮陰之謨，拔旗之勢也。

魏末時期，足以代表這時駢文成就的作品，應推嵇康的《與山巨源絶交書》和李康的《運命論》。嵇康的《與山巨源絶交書》前面曾談到，是嵇康公開和司馬氏集團決裂的宣言。這篇文章也是嵇康個性無所隱飾的呈露，適應着他對個性的抒發，文筆也極自由縱恣，盡致地展示了他那種崇尚自然絶棄流俗的情調。通篇文章駢散相兼，運以散文的氣度，帶動駢句，故語勢靈活，既不單調，也不呆滯，使人感覺辭意豐厚，音節雍容和諧。從下録這段，即可窺見其藝術特色：

老子、莊周，吾之師也，親居賤職；柳下惠、東方朔達人也，安乎卑位，吾豈敢短之哉！又仲尼兼愛，不羞執鞭；子文無欲卿相，而三登令尹，是乃君子思濟物之意也。所謂達能兼善而不渝，窮則自得而無悶。以此觀之，故堯舜之君世，許由之岩棲，子房之佐漢，接輿之行歌，其揆一也。仰瞻數君，可謂能遂其誌者也。故君子百行，殊途而同致，循性而動，各附所安，故有處朝廷而不出，入山林而不反之論。且延陵高子臧之風，長卿慕相如之節，志氣所託，不可奪也。

李康的《運命論》是一篇有激而發的精心結意之作。李康，字蕭遠，中山（今河北省定縣）人，爲人性格耿直不能和俗，魏明帝時作過縣長。《運命論》開始以「夫治亂運也，窮達命也，貴賤時也」爲全文綱領，舉出大量的歷史事實，論證國家的興亡，個人的窮達貴賤，都是命運和時機所決定。中間着重以孔子爲例，列舉了他具有種種品德，而遭受種種打擊，可是他的孫子子思「希聖備體而未之至」，他的學生子夏「昇堂而未入於室」，却各受到諸侯或國君的特殊尊重。所以認爲「夫治亂運也，窮達命也，貴賤時也」。這種宿命論思想，乃是我國封建社會知識分子對個人遭遇不平的矛盾情緒的反映。這種矛盾情緒，是在我國封建知識分子思想上由來久遠而無法解決的，如司馬遷在《史記·伯夷列傳》中，就伯夷叔齊的遭遇而提出的「所謂天道」的疑問，也是如此。李康在文章中跟着提出對待命運的態度説：

> 然則聖人所以爲聖者，蓋在乎樂天知命矣，故遇之而不怨，居之而不疑也。其身可抑而道不可屈，其位可排而名不可奪。譬如水也，通之斯爲川焉，塞之斯爲淵焉，昇之於雲則雨施，沉之於地則土潤，體清以洗物，不亂於濁；受濁以濟物，不傷於清，是以聖人處窮達如一也。

在這裏，看來似乎消極的態度中，却蘊藏着積極的精神，即堅持正義，不同流合污，就是所謂「道不可屈」和「不亂於濁」，而且在任何情況下可以發揮出積極作用，也就是所謂「塞之斯爲淵焉」、「沉之於地則土潤」，因此能「處窮達如一」。作者在後面還刻劃出另一種人的人生態度：

> 凡希世苟合之士，籧篨戚施之人，俯仰尊貴之顔，逶迤勢利之間。意無是非，讚之如流；言無可否，應之如響。以窺看爲精神，以向背爲變通。勢之所集，從之如歸市；勢之所去，棄之如脱遺。其言曰：名與身孰親也？得與失孰賢也？榮與辱孰珍也？故遂絜其衣服，矜其車徒，冒其貨賄，淫其聲色，脈脈然自以爲得矣。

對於「希世苟合之士」那種看尊貴者面顔行事，一味阿諛逢迎趨向勢利的醜態，刻劃得入木三分。後面接着把龍逢、比干和飛廉、惡來，伍子胥和費無忌，汲黯和張湯，蕭望之和石顯等，兩種善惡彰明的人對舉出來，説明許多善類固然遭遇不幸，而那些惡徒也没有好的下場。最後作者認爲立德勝過不義的富貴，外物甚衆，而一己所需要的很少，而如果冒犯内外災禍去追逐是不明智的。祇有本乎仁義，出處語默合乎中道，修其在己，來對待無把握的人生命運。這正是封建社會具有正義感的知識分子唯一可採取的態度。作者寫作的用意，可能是紓釋其對現實的不平之慨，或者是對當時一般奔競之徒的砭刺。本文的中心思想在於闡説人生運命之理，因而通篇引用了大量古代人事來反復論説，而在逐層闡述事理中，常用一系列排句，一氣鋪陳，故使文勢磅礴，義理亦甚豐足。但其中也有不少以宿命論觀點看待古代君臣關係，是應加以批判的。文章的語言樸素明暢，

其中運用許多故事，意在説明道理，而非修辭的用典，這些都明顯地體現出建安至魏末的文風。試取梁代劉峻的《辯命論》與本文比較一讀，更容易辨明文風的時代特點。

第三節　晉代的駢文

西晉初期，是繼建安之後又一個文學繁榮的時代。形成晉初文壇盛況的一個重要方面，還在各體雜文的鮮美繽紛。向來把潘、陸作爲這一時期文壇的代表，他們各體雜文的藝術成就也是重要的因素。在陸機的作品中，比較卓越的駢文作品有《豪士賦序》、《弔魏武帝文並序》、《演連珠五十首》、《漢高祖功臣頌》等篇。《豪士賦序》前面曾在兩處談到，這裏不再談了。《弔魏武帝文並序》和《豪士賦序》一樣，前面有序，但篇幅上弔文較序文稍重，大體上是相稱的。作者在序文中敍説他致弔的原因，由於在秘閣看到曹操的遺囑，於是慨嘆曹操以一代雄傑，而在死亡面前無可奈何，其臨死的表情與其生平太不相稱。序文中概略地提到了遺囑內容的許多方面，除了對其中正確的表示了讚美，更着重的指出曹操臨終對家庭瑣細的生活事物的安排處理，這些已是他無能爲力的，却偏要留情係念，喪失了他應有的明智。弔文則從曹操剪滅羣雄，建立朝廷綱紀，將進而完成功業，於西征途中被病，及臨終以至身後情景，原原本本，鄭重鋪陳。序文和弔文各有分工，詳略不同，如序文中的這一節：

夫以回天倒日之力，而不能振形骸之內，濟世夷難之智，而受困魏闕之下。已而格乎上下者，藏於區區之木，光於四表者，翳乎蕞爾之土。雄心摧於弱情，壯圖終於哀志，長筭屈於短日，遠跡頓於促路。

以雄健的筆力，高遠的心胸，從曹操壯偉的生平志氣，對照地慨嘆他的無可奈何的死亡。而弔文的前半着重在敍述他生平的業績，後半則敍寫他臨死及身後的事情，所有這一切，都被概括地納入上舉序文一節的慨嘆中。而序文中所交代的曹操遺囑的內容，在弔文中有的僅提點一下，如序文轉述的遺囑：「餘香可分與諸夫人，諸舍中無所爲，學作履組賣也。」弔文僅以「紆廣念於履組，塵清慮於餘香」輕輕帶過。而有的則縱筆加以渲染，如遺囑中有這麽一條：

吾婕妤妓人皆著銅爵臺，於臺堂上施八尺床繐帳。朝晡上脯糒之屬，月朝十五，輒向帳作妓，汝等時時登銅爵臺，望吾西陵墓田。

而弔文則着意描寫他死後這條遺囑的執行情況：

陳法服於帷座，陪窈窕於玉房，宣備物於虛器，發哀音於舊倡。矯感容以赴節，掩零泪而薦觴，物無微而不存，體無惠而不亡。庶聖靈之響象，想幽神之復光，苟形聲之翳没，雖音景其必藏。徽清弦而獨奏，進脯糒而誰嘗！悼繐帳之冥漠，怨西陵之茫茫，登爵臺而羣悲，貯美

目其何望！

曹操的這一遺囑，確表現了以他這樣一個人物所不應有的痴愚。弔文即着意描寫銅爵臺中婕好伎人在他死後按照遺囑進行的活動，雖充滿了悲傷氣氛，却對死者無所補益，衹是苦了關閉在臺中的一羣女性，使人感到他的這一遺囑多麼荒謬可笑。作者在這方面特意多着筆墨，當因其既富於詩意，又具有諷刺意義。後來許多詩人以「銅雀臺」或「銅雀伎」爲歌詠主題，都是有着同感的。通篇看來，序文輕快，而弔文沉着，各自適合其本身的風格要求。序文句法氣勢靈活疏暢，猶有建安餘風，而詞語修煉凝重，表達意思較曲折，已不似建安時文章之易讀了。

陸機的《演連珠五十首》，可説是文苑裏一串光輝奪目的明珠。連珠之體，乃就社會或自然的某一現象，加以推闡，引出政治或人生的重大道理，語極圓轉精練，而意味深長。據説這種形體創始於揚雄，後來從班固到潘勖都有擬作，但如《文心雕龍·雜文篇》所説：「欲穷明珠，多貫魚目。」不足耀人眼目。衹有陸機的這五十首，「義明而詞淨，事圓而音澤，磊磊自轉，可稱珠耳」。（引同前）下面選録五首，聊供鑒賞：

臣聞日薄星迴，穹天所以紀物；山盈川冲，后土所以播氣。五行錯而致用，四時違而成歲。是以百官恪居，以赴八音之離；明君執契，以要克諧之會。

臣聞任重於力，才盡則困；用廣其器，應博則兇。是以物勝權而衡殆，形過鏡則照窮。故明主程纔以效業，貞臣底力而辭豐。

臣聞祿放於寵，非隆家之舉；官私於親，非興邦之選。是以三卿世及，東國多衰弊之政；五侯並軌，西京有陵夷之運。

臣聞弦有常音，故曲終則改；鏡無畜影，故觸形則照。是以虛己應物，必究千變之容；挾情適事，不觀萬殊之妙。

臣聞足於性者，天損不能入；貞於期者，時累不能淫。是以迅風陵雨，不謬晨禽之察；勁陰殺節，不凋寒木之心。

這種體式的寫法，即以第一首爲例來看，通首分三層：前四句擺出自然界各種不同現象的作用。中二句爲一層，就上述現象闡明其意義，乃是相反相成的。第三層則推論到人事與自然一致之理，就是臣子各嚴守自己的職責，好像音樂演奏，每種高下不同的音各發揮自己的作用，君主則總其成，好像演奏的指揮者，使各種音和諧地配合演奏成優美的樂曲。這首的用意，在於應用從自然現象體會到的道理，比喻地指出國家政治上的正常之道。這一文體的藝術功用，是富於啓發性，由前一事理推演出後一事理，然後關合到人事，使人感到情理的滿足。在藝術上需要用心巧而屬

辭圓熟，使人讀來如弄珠丸，晶瑩流利，賞心怡目。

由於這一文體短小精悍，運用非常靈便，作者取材的方面和表現的方法也非常繁多。如上選第二首，意在説明一個人的職位要與其才能相稱。前四句爲一層，從道理上説職任超過才能的禍患，下一層二句用物來比喻，物的使用超過其功能會産生某樣的結果。於是最後二句提出君主授職及臣子受職應遵守的準則。第三首前四句即徑直陳説用人不公的政治危害，後四句舉出歷史事實，證明上面所説道理的正確。重大的政治事理及現象，極明白地攝取在這八句中，具有很强的説服力，充分顯示了這一藝術體式的精美及作者藝術手腕的高强。

陸機的《漢高祖功臣頌》是漢魏以來這一文體中最爲精閎的作品。文的發端描寫秦末農民起義時的中國局勢道：

芒芒宇宙，上慘下黷，波振四海，塵飛五嶽，九服徘徊，三靈改卜。

以自然界的非常現象，象徵人世的巨大變化，展示出一幅宇宙震盪昏慘的圖景，給人以天翻地覆的嚴重感覺。其中歌頌韓信云：

灼灼淮陰，靈武冠世，策出無方，思入神契。奮臂雲興，騰跡虎噬，凌險必夷，摧剛則脆。肇謀漢濱，還定渭表，京索既扼，引師北討。濟河夷魏，登山滅趙，威亮火烈，勢逾風掃，拾代如遺，偃齊猶草。二州肅清，四邦咸舉，乃眷北燕，遂表東海。克滅龍且，爰取其旅，劉項懸命，人謀是與，念功惟德，辭通絶楚。

以精練的語言，概括地陳道出韓信傑出的軍事才能，重要的戰爭業績，以及對於漢高祖的忠誠，表示出讚頌之意。其中如「策出無方，思入神契」，讚揚韓信戰爭謀略之神妙莫測，再没有比這形容得更簡當的了。又如「威亮火烈，勢逾風掃，拾代如遺，偃齊猶草」，確極形象地描繪出韓信用兵迅疾不可阻擋的威勢。後面跟着頌述了彭越、黥布，即總結韓、彭、黥三人説：「元兇既夷，寵禄來假，保大全祚，非德孰可！謀之不臧，舍福取禍。」《文心雕龍·頌讚》一方面説「陸機積篇，惟功臣最顯」，但又説：「其褒貶雜居，固末代之訛體也。」認爲在頌中不宜有所貶，這就未免有所膠固。頌文還曾在張耳、韓王信及盧綰每人的終了都有所批評，這乃是由於他們的終結確有可議之處，也體現了作者論人的全面觀點。不過，對韓、彭、黥的貶議，仍是站在統治者的立場上的，因爲從史實看來，他們三人的兇終，罪過並不在他們三人身上，而是封建統治者兔死狗烹策略實施的必然結果。

潘岳是以誄文的能手著稱的。《晉書》本傳説他「尤善爲哀誄之文」。在他的文集中，有哀誄近十篇，其中以《馬汧督誄》最佳。晉惠帝元康六年（二九六），關中少數民族氏、羌族人民，因

不堪晉統治階級的壓迫，曾爆發以齊萬年爲首的叛亂，潘嶽曾有四言的《關中詩》敍寫這一事件。

這篇文章所哀誄的汧督馬敦，乃是一個小小的地方武官，當齊萬年圍攻汧陽，敦苦守孤城，立下大功，乃以極微小的嫌疑受屈而死。 這篇誄文前面有序，扼要地敍述齊萬年叛亂後晉王朝派兵鎮壓失敗的頻繁，中間着重具體描寫了馬敦力守汧陽孤城的勞苦及功績，以及屈死復經昭雪的經過，最後舉古事爲例説明寫這篇誄的必要。 誄文則以大量篇幅真實地描繪出當時關中形勢的危急，和馬敦在劇烈防守戰中的忠勇果敢及機智。 其中對於戰爭情勢的描寫，使讀者恍如親臨其境：

> 齊萬虓闞，震驚臺司，聲勢沸騰，種落煽熾。 旌旗電舒，戈矛林植，彤珠星流，飛矢雨集。惴惴士女，號天以泣，爨麥而炊，負户以汲，累卵之危，倒懸之急。 馬生爰發，在險彌亮，精貫白日，猛烈秋霜。 稜威可厲，懦夫克壯，霑恩撫循，寒士挾纊。 蠢蠢犬羊，阻衆凌寡，潛隧密攻，九地之下。 愜愜窮城，氣若無假，昔命懸天，今也惟馬。 唯此馬生，才博智贍，偵以瓶壺，剫以長塹。 鍤未見鋒，火以起焰，薰屍滿窟，棓穴以斂。 木石匱竭，萁秆空虛，瞯然馬生，傲若有餘。 罗梁爲礧，柿鬆爲刍，守不乏械，歷有鳴駒。

這個爲歷史家所不注意的小人物的非常事跡，在這裏獲得具體有力的表彰。 作者在後面以深切悲憤同情的態度，申訴了這位英雄人物的冤屈，而慨嘆他「功存汧城，身死汧獄」，極深刻地揭示出了他的命運的悲劇性，及當時現實之多麽不合理。 誄文中也明白直斥其上司的罪惡説：「猾

哉部司，其心反側，斫善害能，醜正惡直。」也反映出了當時政治上的黑暗。 這篇誄文確是一篇卓越難得的具有高度現實主義精神的作品。

潘岳還有許多這方面的作品，其中有些不過是爲已死的統治貴族作妝飾品的應酬之作，沒有高尚的價值，衹有《夏侯常侍誄》還能够真實地表現出夏侯湛的風度，和作者與死者的真摯深厚的友誼。

張載的《劍閣銘》是一篇有名的作品。 作者在前半敍述了劍閣地勢的險峻及其重要性後，接着提出警告説：

> 昔在武侯，中流而喜，山河之固，見屈吳起。 興實在德，險亦難恃，洞庭孟門，二國不祀。自古迄今，天命匪易，憑阻作昏，鮮不敗績。 公孫既滅，劉氏銜璧，覆車之軌，無或重跡。 勒銘山阿，敢告梁益。

這一段銘語，乃是吳起的「在德不在險」一語的發揮和論證。 其中「公孫」二句，對於蜀地官員的告誡，至爲警切，而對於封建統治者維護蜀地的統治尤爲重要，所以在當時受到晉武帝司馬炎的重視，派人把銘文刻在劍閣的石壁上。 而「興實在德，險亦難恃」二句的意義，和孟子所説的「地

利不如人和」的實質是一致的，對於封建統治者尚有一定的教育作用。

東晉時期，袁宏的一篇《三國名臣序讚》，可說是與陸機的《漢高祖功臣讚》相伯仲的作品。袁宏字彥伯，陳郡人。大約生活於四世紀的中後期。他因性格耿直，故官職不高，僅從參軍、司馬經吏部郎至郡太守。他的《三國名臣序讚》乃是依他的一定準則，選取三國時各國有名的大臣，加以讚頌。於魏取荀彧、荀攸、袁煥、崔琰、徐邈、陳羣、夏侯玄、王經、陳泰九人，於蜀取諸葛亮、龐統、蔣琬、黄權四人，於吴取周瑜、張昭、魯肅、諸葛瑾、陸遜、顧雍、虞翻七人。全文分序和讚兩部分。序文着重從道理上發議論，認爲賢能之臣要在遭遇聖明之君的認識和任用，於是指出上古君臣之相得，「莫不宗匠陶鈞，而羣臣緝熙；元首經略，而股肱肆力」。而中古君臣之道衰後的情況：「居上者不以至公理物，爲下者必以私路期榮；御圓者不以信誠率衆，執方者必以權謀自顯。於是君臣離而名教薄，世多亂而時不治。」接着再三反復深慨欲行其道於世者之遇君難。作者觀覽三國君臣之間的事情，覺得也是一個有可稱述的時代，即於所要讚頌的各國名臣中，提出幾個具有代表性的人物，舉出其生平大節加以評論和詠嘆。作者在序文的最後標出他讚頌這些人的準則，是「出處有道，名體不滯，風軌德音，爲世作範。」就是這些人的品德風概，足供後代倣法的。這是作者讚頌三國名臣的最高着眼點，也是本文所具有的思想意義，高於陸機的《漢高祖功臣頌》的所在。因爲一個人的功業祇隆盛於一時，而一個人的品德風標則是影響深遠的。後面的讚詞，幾乎對於每個人的生平大略的概括中，都貫注了這種精神。如其對於魏國的崔琰，序文寫道：

> 崔生高朗，折而不撓。所以策名魏武，執笏霸朝者，蓋以漢主當陽，魏後北面者哉！若乃一旦進璽，君臣易位，則崔子所不與，魏武所不容。夫江湖所以濟舟，亦所以覆舟；仁義所以全身，亦所以亡身。然而先賢玉摧於前，來哲攘袂於後，豈非天懷發中，而名教束物者乎！

讚文寫道：

> 崔生體正心直，天骨疏朗，墻宇高嶷。忠存軌跡，義形風色，思樹芳蘭，剪除荆棘，人惡其上，時不容哲。琅琅先生，雅杖名節，雖遇塵霧，猶振霜雪，運極道消，碎此明月。

序文乃從崔琰的生平中，概括地舉出他的大節所在，及由之造成的人生悲劇，並予以高度的評價。讚文則在序文所指出的大節的基礎上，假藉各種事物，形象地讚美他的精神品質。讚文的最後六句，對於崔琰死守善道的節概，致予了嚴肅的崇敬和深重的惋惜。

讚文的開始，描寫漢末大局動亂中君臣相擇的景況：

> 火德既微，運纏大過，洪飆扇海，二溟揚波。蚪虎雖驚，風雲未和，潛魚擇淵，高鳥候柯。

赫赫三雄，並回乾軸，競收杞梓，爭採鬆竹。鳳不及棲，龍不暇伏，谷無幽蘭，嶺無亭菊。

以自然界的種種事物變化活動的形象，盡致地形容出當社會動盪紛擾中，三國之君爭相收羅人才的急迫情狀，使人儼如面臨一幅波瀾壯闊的現實社會圖景。

讚文在最後總結地讚頌道：

詵詵衆賢，千載一遇，整轡高衢，驤首天路。仰挹玄流，俯弘時務，名節殊涂，雅致同趣。日月麗天，瞻之不墜，仁義在躬，用之不匱。尚想重暉，載挹載味，後生擊節，懦夫增氣。

和序文最後的用意一致，儘管那些人的表現方面不同，但他們光輝不朽，影響後世的，還在他們身上存在的仁義品德。所以以前有人肯定這篇作品「意存風教」，確是深得作者撰寫此文的要旨。

本篇序文雖句法駢整，辭語精雅，但在遣詞上力求準確明朗，故無論敘事説理，俱宛轉自如。由於作者「意存風教」，所以在敘説事理中均寓含作者的微情深慨，故筆姿亦頗摇曳生動。

第四節　南北朝時期的駢文

劉宋初期，顔延之的文章，雖不免用典繁密的病累，但他的《陶徵士誄》仍是一篇優秀的作品。顔延之富於才華，是陸機、潘岳之後，以文章卓著於劉宋時代的。他的性格情調，也很與陶淵

明相近，如《宋書》本傳所説：「居身清約，不營財利，布衣蔬食，獨酌郊野，當其爲適，傍若無人。」他在潯陽作劉柳後軍功曹時，和陶淵明成了親密的朋友，後來作始安郡太守，經過潯陽，每天到陶家共同暢快地喝酒，臨走時還留下二萬錢給陶，可見他們情誼的密切。他即以其擅長的精美文筆，爲與他情調一致的相知好友寫下這篇誄文，取得了這樣情詞並美的藝術成就。

誄前有序，開始先從虛的方面讚美高隱之士的可貴難得，然後敘述陶淵明的生平事跡，再在誄文中致以傷悼之意。前後篇幅大致相稱。序文中敘寫陶淵明的生平説：

有晉徵士潯陽陶淵明，南嶽之幽居者也。弱不好弄，長實素心，學非稱師，文取旨達，在衆不失其寡，處言每見其默。少而貧病，居無僕妾薑，井臼弗任，藜菽不給，母老子幼，就養勤匱。遠惟田生致親之議，追悟毛子捧檄之懷，初辭州府三命，後爲彭澤令，道不偶物，棄官從好。遂乃解體世紛，結誌區外，定跡深棲，於是乎遠。灌畦鬻蔬，爲供魚菽之祭；織絇緯蕭，以充糧粒之費。心好異書，性樂酒德，簡棄煩促，就成省曠，殆所謂國爵屏貴，家人忘貧者與！

在這段文章裏，陶的個性、學問方法、家庭生活、出處經過以及人生態度等，均被作者以精美的文筆，形象完整地勾畫出來，充分體現了陶的率意任真的精神特點。

在誄文裏，作者描寫陶淵明棄官歸去的生活景況道：

賦詩歸來，高蹈獨善。亦既超曠，無適非心，汲流舊巘，葺宇家林，晨煙暮靄，春煦秋陰，陳書輟卷，置酒弦琴。居備勤儉，躬兼貧病，人否其憂，子然其命，隱約就閑，遷延辭聘，非直也明，是惟道性。

這簡直是一幅清美的山林隱士生活圖畫，在畫面裏也隱現了陶的樂尚自然的精神境界。

在誄文的最後，作者追述他們彼此的交誼，尤爲親切：

自爾介居，及我多暇，伊好之洽，接閻鄰舍，宵盤晝憩，非舟非駕。念昔宴私，舉觴相誨，獨正者危，至方則閡，哲人卷舒，布在前載，取鑒不遠，吾規子佩。爾實愀然，中言而發，違衆速尤，迕風先蹷，身才非實，榮聲有歇。睿音永矣，誰箴餘闕！

在這追述的彼此互相規戒的話語中，體現了他們道義相親的精神。而陶指出的「違衆速尤，迕風先蹷」，正切中顏的處世病根，所以「睿音永矣，誰箴餘闕」二句，正是對於知心摯友的沉痛悼念，出自肺腑的哀聲。這篇文章祇是在序文的發端稍有虛飾之辭，通篇大致駢對工整，略現當時文風的特點，而整個情貌是較樸素的，所以獲得情辭並美的藝術效果，這當是作者這篇誄文的寫作，出自衷情，並意識到應與他的好友生平相稱合之故。這篇文章中許多有關陶淵明生平的敍述，也是後代歷史家及研究陶淵明的極可貴的原始資料。

鮑照的《登大雷岸與妹書》，是劉宋時期一篇具有創造性的寫景文。鮑照的妹妹名令暉，鮑照曾答宋孝武帝説：「臣妹才自亞左芬」，可見他的妹妹令暉有與左芬相上下的才華的，所以他纔在這封信中恣筆描寫，窮盡山水奇壯的神貌。這篇文章當是元嘉十六年（四三九）隨臨川王劉義慶赴江州時所寫。由於長途旅行，備歷辛苦，所有山川景物，均自其親切感受中，以鎚煉精工的筆力，烘染出來，都呈現出無限奇突壯偉的氣勢。如其在文章前面略敍旅途經歷後，感慨地寫道：

向因涉頓，憑觀川陸，遨神清渚，流睇方曛。東顧五洲之隔，西眺九派之分，窺地門之絶景，望天際之孤雲，長圖大念，隱心者久矣。

於沿途周流曠觀之後，便産生天地遼闊，祇身藐小孤獨之感。杜甫的《登岳陽樓》詩，於「吴楚東南坼，乾坤日夜浮」之後，接以「親朋無一字，老病有孤舟」，即景生情，感觸正相類似的。鮑照在下面接着刻劃所見周圍景物：

南則積山萬狀，負氣爭高，含霞飲景，參差代雄。淩跨長隴，前後相屬，帶天有匝，橫地無窮。東則……

這簡直是一幅氣勢非常生動的重巒叠嶂圖畫。怒起爭高的羣峯，充塞天地的長隴，在烟雲變化中氣象萬千，這些都可從這片斷描寫中感受到。我們再看中間一段對於廬山的描寫：

> 西南望廬山，又特驚異。基壓江湖，峯與辰漢相連。上常積雲霞，雕錦縟。若華夕曜，岩澤氣通，傳明散彩，赫似絳天。左右青靄，表里紫霄。從嶺而上，氣盡金光，半山以下，純爲黛色。信可以神居帝郊，鎮控湘、漢者也。

這幅望中的廬山所呈現的諸種烟雲幻化的形象，真可謂盡態極妍。許梿謂「即使李思訓數月之功，亦恐畫所難到」，並非過譽。這樣以奇峭深刻的筆勢，駢整的句法，摹繪山川景物，使人一路讀來，覺宛然勝景過眼，應接不暇，不能不佩服作者筆力的雄健精工。在文章中集中筆力刻劃山水，這是前人所未有的創舉，後來衹有在酈道元的《水經注》中才大量見到，在文章風格和寫法上也頗有相近似之處。

齊梁時期，文人極力追求文筆的精美，當時文壇上盛加推讚的「任筆」，即足表明這種趨向。這種力求文筆的精美，主要是適應當時統治階級妝點門面的需要。據《南史・任昉傳》説：「當時王公表奏，莫不請焉，起草即成。……梁臺建，禪讓文誥，多昉所具。」因此，在任昉的精美文筆下産生的，多是些虛僞的妝飾之詞。如果那些文辭中稍有觸及事實真象，也會遭到統治者的忌恨的。他的《爲齊明帝讓宣城郡公第一表》，因爲有些話説得直了，所以後來在齊明帝的時代，一直受到壓抑，「位不過列校」。這時許多章表之類的文章，儘管看來錦繡滿眼，却很難讀下去，衹有一些書札之類的作品，表達了一定的思想感情，還是值得欣賞的。如丘遲的《與陳伯之書》，就是一篇值得誦讀的作品。陳伯之原是梁初從齊朝降過來的大將，後叛投北魏，及梁武帝天監四年（五〇五）命臨川王蕭宏率軍北伐，宏命丘遲作書與陳伯之，伯之又率衆轉回梁朝。

在《與陳伯之書》中，作者開始追溯陳伯之所以去梁投魏，乃因陳「不能内審諸己，外受流言，沉迷猖獗，以至於此。」即寓有責備之意。隨即説明梁王朝是寬大爲懷的，並告訴他的家庭的平安狀況。接着以利害關係開導他，舉出前不遠的歷史事實，剴切地告誡他，投靠北朝是「魚游沸鼎之中，燕巢飛幕之上」，簡直是不可理解的。跟着寫出下面這一段：

> 暮春三月，江南草長，雜花生樹，羣鶯亂飛。見故國之旗鼓，感生平於疇日，撫弦登陴，豈不愴悢！所以廉公之思趙將，吴子之泣西河，人之情也，將軍獨無情哉！

作者在用許多大道理陳説譬解後，再從感情上來觸動對方。「暮春三月」四句，把江南的暮春風光，寫得這樣繁華綺麗，作者就以喚起陳對此時江南時節景物的回憶，和陣前故國的軍容結合起來，勾起陳對故國的歸情，然後再舉古代係情故國的名將作爲範例，以推促陳作出返歸故國的決心和行動。這段文章文辭清麗，情意纏綿，用事精當，足令受者惻然心動。當然，陳伯之終於返歸梁朝，當有其實際的利害因素，決不會衹是這一書信的力量；但總可以説，這篇文章應是起了一定的推

動作用的。

這時許多文人在與朋友的書簡中，以清美峻峭的文筆，敘寫居處遊覽的山水勝景的，如吴均的《與宋元思書》，茲録其全篇於下：

風烟俱淨，天山共色，從流飄盪，任意東西。自富陽至桐廬，一百許里，奇山異水，天下獨絶。水皆縹碧，千丈見底，游魚細石，直視無礙。急湍甚箭，猛浪若奔。夾岸高山，皆生寒樹，負勢競上，互相軒邈，爭高直指，千百成峯。泉水激石，泠泠作響。好鳥相鳴，嚶嚶成韻。蟬則千轉不窮，猿則百叫無絶。鳶飛戾天者望峯息心，經綸世務者窺谷忘反。横柯上蔽，在晝猶昏；疏條交映，有時見日。

這是一幅水墨素描的山水畫，而筆勢却勁峭雋潔，於精省的敘寫中，給人以豐富的具體形象感受，使人如行山陰道上，覺山水爭來親人。而文章風格之素淡，在當時獨具藝術高境，尤爲可貴。吴均還有一篇《與顧章書》，可看作《與宋元思書》的姊妹篇。另外還有陶宏景的一篇《答謝中書書》，也是一篇風格相類的寫景短簡，這裏都不再具談了。這些描寫山水的清美的篇章，可説是繼劉宋時代山水詩之後，文壇上新出現的明星，正與酈道元《水經注》中對山水的精刻的摹繪，南北相輝映的了。

另外劉峻的《重答劉秣陵沼書》，是一篇情辭並美的精悍之作，茲録其全文於下：

劉侯既重有斯難，值餘有天倫之戚，竟未之致也。尋而此君長逝，化爲異物，緒言餘論，蕴而莫傳。或有自其家得而示餘者。餘悲其音徽未沬，而其人已亡；青簡尚新，而宿草將列，泫然不知涕之無從也。雖隙駟不留，尺波電謝，而秋菊春蘭，英華靡絶。故存其梗概，更酬其旨。若使墨翟之言無爽，宣室之談有征，冀東平之樹，望咸陽而西靡，蓋山之泉，聞弦歌而赴節。但懸劍空壟，有恨如何！

劉峻（四六二—五二一），字孝標，平原人。幼年因鄉里淪於北魏，顛沛流離，備歷辛苦，而好學不輟。齊永明年間他回到南朝，聞有異書，必求藉讀，當時有人稱他爲「書淫」。他在齊朝曾作過豫州刑獄參軍小官。後在梁朝，武帝招文學之士，有高才的多被提拔，峻因「率性而動，不能隨俗浮沉」，故不被任用，乃著《辯命論》以抒發憤情，劉沼曾再次致書和他辯論。這篇《重答劉秣陵沼書》，當是看到劉沼的第二次辯難信後寫的。劉沼在梁天監初曾作過秣陵令，寫了再難劉峻的書信並未送給劉峻即死去，後來劉峻看到，還是回答了他。從這篇《重答劉秣陵沼書》的内容看來，並不是答書的本身，而是敘説答書的經過及感慨。文章的前面敘説看到劉沼再難遺文的經過及傷感，接着説雖然劉沼的生命已消逝，而其遺文的意旨，如蘭菊之芬芳不絶，所以還是扼要地

回答了他。但這終是對死者的回答，於是設想，如果真如古人所認爲的有鬼神的話，他的答書當可有所感應。最後認爲這不過是對死者無益的表白而已。這篇書簡，除了表達對剛逝去的朋友的傷悼，還表現了作者與朋友討論問題的誠懇認真的態度。最後二句以沉重的感傷筆調總束上述兩個方面，即這次答書再不能讓朋友親身受到，這是無可彌補的遺恨，情致凄惻纏綿，意味至爲深永。由於作者才力和學力的雄富，許多典故被他以精雅而帶有充沛感情的辭藻，創造性地運用出來，藝術地表達他的思想感情，比之直説，另饒趣味，充分地顯示了典故的功能。而氣勢的矯健，音節的鏗鏘，也有助於增强文中思想感情的藝術感染力。如果把曹丕的《與吴質書》和這篇比較一讀，它們彼此間藝術風格的時代的特點和差異，是至爲明顯而易於辨識的。

劉峻的《辯命論》和《廣絶交論》，更是足以代表這一時期駢文成就的名篇。

《辯命論》和李康的《運命論》中心思想基本上是一致的。劉峻也是認爲人世一切都爲命運所主宰，最後也衹有「居正體道，樂天知命」。但他認爲李康「論其本而不暢其流」，因而對命運支配一切的情況，發揮得更爲淋漓盡致。如他形容在急劇的自然和社會變故中，個人無能拒抗的情況：

> 空桑之裏，變爲洪川；歷陽之都，化爲魚鱉；楚師屠漢卒，睢河鯁其流；秦人坑趙士，沸聲若雷震；火炎昆岳，礫石與琬琰俱焚；嚴霜夜零，蕭艾與芝蘭共盡；雖游、夏之英才，伊、顔之殆庶，焉能抗之哉！

在這樣驟然爆發的洪流面前，大規模的戰爭的慘敗中，便如火焚崑山，嚴霜夜降，無論是善惡賢愚，都不免同歸於盡，就是再高的古代賢哲，也無法拒抗，這衹有歸之命運了。還有一種情況：向來君臣的關係，如「虎嘯風生，龍興雲屬」，有聖君就能任用賢臣，有暴君就會招來奸臣。可是「天下善人少，惡人多；暗主衆，明君寡。」而善惡不同類的人是不能共處的，所以歷來總是惡人充滿朝廷，而賢士屏棄草野，這樣就不能認爲「廢興在我，無係於天」了。作者在文中以大量的典實，從多方面雄辯地闡説命運的主宰力量，很能言之成理，但終是有激而發，總不免帶有片面性，因爲對於任何一點道理，要從大量的古籍中摘取論證的資料，也是相當豐富的。這篇文章，音節清壯，辭采精工，較之李康的《運命論》之氣度温雅，語言樸質，顯然表現出不同的時代藝術風格。

《廣絶交論》則是針對當時澆薄的世俗而作，具有較深刻的諷刺意義。東漢時，朱穆曾感於世俗交道敗壞，憤激地寫過《絶交論》，劉峻則因任昉死後，其生平所親厚提拔的人士，無視於任昉兒子的窮困，於是擴大地抒發應絶交的論點，寫出這篇文章。據説曾受過任昉獎拔的到溉看到此文後恨了劉峻終身。作者在文章的前半以賦的手法，極意鋪寫世俗中的五類交情，以痛刺勢利之徒。如其中寫「勢交」的一段：

若其寵鈞董石，權壓梁竇，雕刻百工，鑪錘萬物，吐漱興雲雨，呼噏下霜露，九域聳其風塵，四海疊其熏灼，靡不望影星奔，藉響川鶩。雞人始唱，鶴蓋成陰；高門旦開，流水接軫。皆願摩頂至踵，隳膽抽腸，約同要離焚妻子，誓殉荆卿湛七族。是曰勢交，其流一也。

這種對於官場趨炎附勢的情態的描寫，實不下我們所熟知的宗臣《報劉一丈書》。它從內容到形式的高度精練集中，充分顯示了這一文體的藝術特色。儘管作者所採用的藝術手段，在今天對我們說來是如此難能，但仍不妨礙我們對那種官場醜惡現象的生動鮮明的感覺。

作者在文章的末端，明白表達了他寫這篇文章的主旨說：

近世有樂安任昉，海內髦傑，早綰銀黃，夙昭民譽。遒文麗藻，方駕曹、王；英跱俊邁，聯横許、郭。類田文之愛客，同鄭莊之好賢。見一善則盱衡扼腕，遇一才則揚眉抵掌，雌黄出其脣吻，朱紫由其月旦。於是冠蓋輻湊，衣裳雲合，輜軿擊轊，坐客恒滿。蹈其閫閾，若昇闕裏之堂；入其隩隅，謂登龍門之阪。至於顧盼增其倍價，剪拂使其長鳴，彯組雲臺者摩肩，趨走丹墀者疊跡。莫不締恩狎，結綢繆，想惠莊之清塵，庶羊左之徽烈。及瞑目東粵，歸骸洛浦；繐帳猶懸，門罕漬酒之彦；墳未宿草，野絶動輪之賓。藐爾諸孤，朝不謀夕，流離大海之南，寄命瘴癘之地，自昔把臂之英，金蘭之友，曾無羊舌下泣之仁，寧慕郈成分宅之德！嗚呼！世路險巇，一至於此，太行孟門，豈云嶄絶，是以耿介之士，疾其若斯，裂裳裹足，棄之長騖，獨立高山之頂，歡與麋鹿同羣，皦皦然絶其雰濁，誠耻之也，誠畏之也。

這段文章，以任昉一生的社會交接作爲一面鏡子，照出澆薄世俗的醜惡狀態，有力地證明交友之應棄絶。文中首先敘寫任昉的丰采高亮，及對人才的賞愛獎拔。次寫當時人士對任昉的仰慕趨附之熱烈，及經獎拔時的感恩戴德心情。最後寫任昉死後門庭隨即賓客絶跡，而昔日契合金蘭的密友，眼看任昉兒子貧困流落，而毫無同情顧念之意，使人深刻感到俗情險薄之可恨，實應決然棄去。所有人情世態，在作者鋭利筆鋒刻劃下，真如「千變百伎，在人目前」。加以辭藻之精富及運用之得力，使人讀來感覺痛快淋漓。

齊代孔稚珪的《北山移文》，是一篇意味非常辛辣的諷刺性作品。

孔稚珪（四四〇—五〇一），字德璋，南齊會稽山陰人，出身於世代官僚家庭。他在齊武帝時官至廷尉，力主訓練法律幹部，正確運用法律條文處理案件。齊明帝時任冠軍將軍、南郡太守等職，齊末終於太子詹事。據説周顒先曾隱居鐘山，後來出山作海鹽令，任期届滿入京，將便道再過鐘山，孔稚珪即代鐘山神靈寫出這篇移文，對周顒表示憤怒的拒絶。

這篇移文的作用和性質，相當於今天的抗議聲明，它是對於封建文人中僞裝清高而醉心利禄的

假隱士的嚴厲斥責和無情鞭撻。作品先極力描寫周顒想當隱士的清高情調，然後寫到他一旦經不起利祿引誘而意誌迅即崩潰的可鄙情態，終於放棄舊日山中一切，而逞能於官場俗務中。這樣把一個人的兩種迥然不同的生活態度，形象生動鮮明地對照描寫出來，把那種虛僞可恥的心理和面貌，暴露得淋漓盡致。隨後又從山中景物感到失望的情景及四周山壑的羣相嘲笑，激起對於被欺的無比忿怒，因而對於周顒重來招摇更感到是奇恥大辱，而必予以深拒固閉，顯示出非常强烈的戰鬥精神。

文章的前面描寫了周顒作爲假隱士的種種虛僞表現：

> 其始至也，將排巢父，拉許由，傲百氏，蔑王侯，風情張日，霜氣橫秋。或嘆幽人長往，或怨王孫不遊。談空空於釋部，核玄玄於道流。務光何足比，涓子不能儔。

看來是這樣情調高逸之士，可是一面臨利祿的誘餌，又是那樣一副精神動摇遽反常態的表現：

> 及其鳴騶入谷，鶴書赴隴，形馳魄散，誌變神動。爾乃軒眉席次，聳袂筵上，焚芰制而裂荷衣，抗塵容而走俗狀。

下面形容了他後來沉溺於紛囂的世務中的神氣，接着又描寫了他去後的山中一片空虛荒涼景象，於是山的神靈遭受到周圍山嶽的嘲笑：

> 於是南嶽獻嘲，北隴騰笑，列壑爭譏，攢峯竦誚，慨遊子之我欺，悲無人以赴弔。故其林慚無盡，澗愧無歇，秋桂遺風，春蘿罷月，騁西山之逸議，馳東皋之素謁。

山的神靈在受到假隱士的欺騙和周圍伴侶的嘲笑後，見他又要來污瀆山林了，於是憤怒地發出抗議和警告：

> 今又促裝下邑，浪拽上京，既情殷於魏闕，或假步於山扃。豈可使芳杜厚顔，薜荔蒙耻，碧嶺再辱，丹岩重滓，塵遊躅於蕙路，污淥池以洗耳。宜扃岫幌，掩雲關，斂輕霧，藏鳴湍，截來轅於谷口，杜妄轡於郊端。於是叢條瞋膽，叠穎怒魄，或飛柯以折輪，乍低枝而掃跡，請迴俗士駕，爲君謝逋客。

在這段文章裏，我們看到山中雲壑草木嚴陣以待的憤怒狀態，籠罩着濃厚的戰鬥氣氛。

隱士在我國歷史上是常見的一種人，他們總是地主階級的成員。不管他們各自的情況怎樣，其政治態度總是消極的。而其中確有一種藉此沽名釣譽，作爲獵取利祿的政治資本的。後來唐人所謂的「終南捷徑」，極準確地點出了其中的奧妙。這篇作品的寫出，正是爲了剥開這種人物的畫皮，揭示出他們的醜惡嘴臉，這就是它值得肯定的意義所在。而作者的本意，絕不是鼓勵人們去當隱士。

這篇作品，在形式上，祇是由於四聲剛被明確，應用還不普遍，因而在音調上有所不足。其他各方面都很精當，尤其在使用語言上表現得非常精練準確，在簡潔的辭句中，寓含着生動豐富的

人物形象，使其揭露諷刺的意義，顯得鮮明强烈，收到較好的藝術效果。

作爲南北朝末期文壇巨擘的庾信，他在詩賦以外雜體文的創作也是豐富的。其中大量的作品表啓碑銘之類，都是與北朝統治貴族周旋應酬的作品，形式雖然精美，内容很少價值。比較有意義的還是那種寄寓故國之思的作品，如《思舊銘》和《擬連珠》。

《思舊銘》是傷悼梁朝觀寧侯蕭永而作。蕭永是梁王朝的宗室，江陵之陷，和庾信、王褒等同被羈留在北方的。所以本文的内容，和他的《哀江南賦》、《擬詠懷》、《小園賦》等一致，是於對朋友的傷悼中，抒發他的故國淪亡、身世飄零之痛的。銘前有序，敘述作銘之由，追溯了故國破滅之際，兩人共同的遭遇，及同在羈旅之中又和蕭永長别的悲感。序中有云：

> 河傾酸棗，杞梓與樗櫟俱流；海淺蓬萊，魚鱉與蛟龍共盡。焚香復道，詎斂遊魂；載酒屬車，寧消愁氣！芝蘭蕭艾之秋，形殊而共瘁；羽毛鱗介之怨，聲異而俱哀。所謂天乎，乃曰蒼蒼之氣；所謂地乎，其實摶摶之土。怨之徒也，何能感焉！

在這段文章中，形象比喻地概括描寫出，在國家重大變故中貴賤同歸於盡的悲痛情景，其中也包括了作爲貴族的蕭永及作爲一般官員的庾信自己。後面又回顧他和蕭永兩次不同境地的情誼説：

> 昔嘗歡宴，風月留連，追憶平生，宛然心目。及乎垂翅秦川，關河羈旅，降乎悲谷之景，實有憂生之情。美酒酌焉，猶憶建業之水，鳴琴在操，終思華亭之鶴。重爲此别，嗚呼哀哉！

在這裏着重敘述了在羈旅中的共同懷念故國之情，可是終於在這樣境況下永别了，這是多麽可痛的事啊！銘文即集中傷悼蕭永的逝世於異地，及自己在異地送葬好友的悲感。

他的《擬連珠》四十四首，是陸機的《演連珠》五十首以後這一文體創作中最豐富的。但庾作遠遜於陸作之運意巧妙而富於啓發性，而是用以直陳事理。其内容主要的是把梁朝從建國以至滅亡的許多事理，以及自己的身世之感，點點地鋪擺出來，其中很多與《哀江南賦》、《擬詠懷》詩相出入。如《擬連珠》第十三首云：「非緑林之散卒，即驪山之叛徒。」而《哀江南賦》亦云：「驅緑林之散卒，拒驪山之叛徒。」《擬連珠》第十四首云：「流慟所感，還崩杞梁之城；灑泪所沾，終變湘陵之竹。」而《擬詠懷》第十一首亦云：「啼枯湘水竹，哭壞杞梁城。」其他辭意彼此相類之處很多。下録數首，可以概見其内容的性質：

> 蓋聞穴蟻冲泉，未知遠慮；元禽巢幕，何能久支。是以大厦既焚，不可灑之以泪；長河一決，不可障之以手。

> 蓋聞天方薦瘥，喪亂宏多，空思説劍，徒聞枕戈。是以劉琨之英略，莫知自免；祖逖之慷

慨，裁能渡河。

蓋聞死別長城，生離函谷，遼東寡婦之悲，代郡孀妻之哭。是以流慟所感，還崩杞梁之城；灑淚所沾，終變湘陵之竹。

蓋聞嚴霜之零，無所不肅；長林之斃，無所不摽。是以楚塹既填，游魚無託；吳宮已火，歸燕何巢。

蓋聞執珪事楚，博士留秦，晉陽思歸之客，臨淄羈旅之臣。是以親友會同，無不撫懷淒愴；山河離異，不妨風月關人。

就上所舉五首而言，第一首乃追咎梁王朝不能防微知著，但事苟安，一旦大難發作，就不是微力所能挽救的。第二首說，在大的喪亂中，就是生平有志氣的人士，也往往無能爲力。第三首則是江陵陷沒後臣民被迫遷徙中生離死別之痛。第四首以自然界事物的變故，比喻國家傾覆後人民無所依託的景況。第五首言許多羈旅北朝作官的人士，每當聚會敍懷時，即生山河風景殊異之感。這些都是他生平遭遇之難於忘懷的，所以利用這種具有很大靈活性的文體，零碎地表達出來，其性質仍相當於詩中的詠懷之作。就連珠這一文體的藝術要求而論，陸機的創作是庾信未能企及的，而庾信對這種文體的運用，又自有其創造可取之處。

第十章　文學理論和批評的發展

第一節　《典論・論文》、《文賦》及《文章流別論》

一　《典論・論文》

隨着文學創作風氣的暢開，文學創作理論的探索和對作家作品的批評，也逐步發展興盛起來，這是很自然的現象。如曹丕在《與吴質書》中，即對徐幹、陳琳、阮瑀、王粲等人的文學創作，作過粗略的評價。曹植在《與楊德祖書》中，也談到與朋友在文學創作上的切磋之樂，及對文學批評應採取的態度。而曹丕的《典論・論文》，集中地反映了這時文學理論和批評所達到的水平。

《典論・論文》是曹丕的著作《典論》中的一篇。據説《典論》原來有二十二篇，可是絶大部分亡失了，現在衹存在《自敍》、《論文》和《論方術》三篇。作者在這篇《論文》中，首先指出文人的通病，在於「各以所長，相輕所短」，而其原因在於不能公正地審己度人，因爲「文非一體，鮮能備善」的。他隨即提出在他父子以外的當時優秀作家七人，以較客觀的態度指出每個人的優點和缺點，並由此提出各種文體由於本身性質的不同，而各自具有的創作要求，最後肯定文學本身獨立具有的重大價值。

這篇論文之所以在文學批評史上佔有重要地位，就在它是文學批評專著的開始，爲以後文學批評逐漸發展到完善系統化奠立了良好的基礎。這篇論文曾涉及文學上的許多問題，如對文學的評價，文體性質的區辨，對作者的批評以及批評的態度，作者的才性與創作關係等，都是文學批評上的重要問題，後來在《文心雕龍》中被作爲許多專題論述的。在對文學的評價這一問題上，他發表的見解很卓越。他説：

> 蓋文章經國之大業，不朽之盛事。年壽有時而盡，榮樂止乎其身，二者必至之常期，未若文章之無窮。是以古之作者，寄身於翰墨，見意於篇籍，不假良史之辭，不託飛馳之勢，而聲名自傳於後。

他認爲文章本身具有不朽的價值，一反過去作爲六經附庸的文人傳統看法，肯定了文學的獨立地位。因此，他更勉勵人們把文學創作當作終身事業，指出文人可以獨立獲得不朽的途徑，給後世專業文人以有力的號召。他這樣推崇文學的價值，對於鼓勵文人努力創作，自有一定積極的意義。當時一班文人在創作道路上，「咸以自騁驥騄於千里，仰齊足而並馳」，當是對這點共同有所領會的。但他所强調的在於文人後世不朽之名，並未能充分指出文學的社會作用，這就不免存在着很大的缺陷，使人易於感到文學不過是個人名垂不朽的工具而已。在對文體性質的區辨上他雖提得極爲簡略，但對不同性質的文體提出不同的創作要求，如云：「奏議宜雅，書論宜理，銘誄尚實，

詩賦欲麗。」這一原則的明確提出，在當時是極爲可貴的。他對當時文人的批評態度，也很平正公允，都較客觀地指出他們各個人的長短，因此批評得都各恰如其分。而對文人沿襲的固蔽之習，如「文人相輕」，「貴遠賤近，向聲背實」，「暗於自見，謂己爲賢」等，也指摘得很恰當。這些就在今天對於從事文學批評者，仍是具有一定意義的。他在這裏提出的所謂文氣，就是指的作者的才性，他的主氣之説，所謂「文以氣爲主，氣之清濁有體，不可力强而致」，也就是文學創作具有作者個性的主張。這樣重視文學創作中的作者個性，正是建安的時代精神在文學思想上的一種具體表現。但是，所謂「清濁有體」的氣，究是如何形成，作者並未提到。而他在這裏過分强調了作家的主觀一面，比之音樂技藝，認爲「雖在父兄，不能以移子弟」，忽略了更重要的客觀一面，也不能不認爲是一個重大的缺點。

二 《文賦》

陸機的文賦，是繼《典論·論文》之後一篇重要的文學理論文章。它和《典論·論文》有所不同，它雖然歷舉了創作上的各種利病，但並非對具體作家的批評，即對於文學的價值和作用也提得很少。它主要的乃是敍述自己的創作經驗和體會。作者在序言中即簡要地交待了他作賦的大旨，即在闡述他自己在創作過程中所體驗到的，創作構思中的複雜情況和甘苦，以及文章的得失所在。這些既是他個人的，也是一般文士所普遍具有的。

文學創作的整個實踐過程，是在作者的思想不斷活動下進行的。《文賦》首先即以豐富生動的形象，依次比喻地描述了創作時的整個構思過程——從外界事物激起創作動機而進入深遠的思索，思緒由蒙矓而漸明晰，由艱澀而至暢利，然後進入組織辭理的複雜階段，直至最後篇章形成。

首先，我們看他對於創作動機產生的描述：

> 佇中區以玄覽，頤情志於典墳，遵四時以嘆逝，瞻萬物而思紛。悲落葉於勁秋，喜柔條於芳春，心懍懍以懷霜，誌眇眇而臨雲。詠世德之駿烈，誦先人之清芬，游文章之林府，嘉麗藻之彬彬。慨投篇而援筆，聊宣之乎斯文。

他之慨然有所述作，乃由四時節物變化的感觸，及前人德業清美的激勵。其創作動機看來雖是由客觀事物所引起，但他所關懷的客觀事物祇此而已。我們看陸機的全部文學作品，其內容不外乎缺乏社會意義的個人哀愁，及對統治階級人物事業成敗的論述，就是前如曹植，同時如左思的詩中那種比較高尚的個人情操，在其詩中也很難看到。由此可見，他的文學創作內容的範圍狹窄及意義貧弱，正是由他的文學觀所決定的。他的這種文學觀，也是與他的階級出身分不開的。他出身於高門大族，他的祖和父都是吴國重臣，因而他所衷心向往的自然是先世駿烈了。

他這種狹窄的文學觀點，也同樣表現在對文學作用的估價上。他在賦的末端説：

> 伊兹文之爲用，固衆理之所因，恢萬里而無閡，通億載而爲津。……塗無遠而不彌，理無微而弗綸，配霑潤於雲雨，象變化乎鬼神。

他極盡致地描述出了文學無所不至的表達功能，確是文學本身所具有的。但談到文學的具體作用時，却顯露出了很重大的缺點：

> 俯貽則於來葉，仰觀象乎古人，濟文武於將墜，宣風聲於不泯。

這幾句中兼包着文學的認識和教育作用。他既然肯定文學的教育作用在於「貽則來葉」，則所謂的「觀象古人」當然是觀象古人的德業。很顯然，他作爲文學上認識和教育主體的，乃是純屬統治階級上層的正面事物。其實，在認識作用上，除了有向上看的「觀象古人」，還應有向下看的「觀民風，知得失」；在教育作用上，除了有自上而下的「上以風化下」，也還應有自下而上的「下以風（諷）刺上」。這些在文學的認識和教育作用上的更重要的方面，並早被古人揭出過的，都被他忽略了。這一切都足表明他在文學與現實的關係的看法上存在着嚴重的片面性的。

陸機對於構思過程中種種情況的描述，確是所有作者所同具有的親切感受。他形容思索獲得頭緒時的情狀是：「情曈曨而彌鮮，物昭晰而互進。」當從六藝百家之言搜索精粹的語言，把「彌鮮」、「互進」的事物感情具體下來時，有時吃力得「若游魚銜鉤而出重淵之深」處，有時暢遂得「若翰鳥纓繳而墜曾雲之峻」空。當作者的感情與思維中的事物融合無間時，便「思涉樂其必笑，方言哀而已嘆」。這些確極精妙地道着了構思過程中的真情實景。

在關於構思的描述中，有些是很值得我們注意的。在繁雜無定的組織文辭義理的過程中，作者把握的原則是「理扶質以立幹，文垂條而結繁」。這表明作者在內容與形式的先後輕重上是明確的。當作者「罄澄心以凝思，眇衆慮而爲言」時，乃能「籠天地於形內，挫萬物於筆端」。以豪邁的氣魄，充分肯定了作家創作構思所具有的功能。這種成就，雖在陸機自己還够不上，但確是一個優秀作家所可能達到的。陸機在後面還重申構思的功能説：

> 課虛無以責有，叩寂寞而求音，函綿邈於尺素，吐滂沛乎寸心，言恢之而彌廣，思按之而愈深。

這些構思所達到的功能，如果是以實際生活爲基礎，那當然是值得肯定的。但從整個賦的內容看來，很少涉及作爲創作基礎的現實生活。他這樣强調構思的功能，有着嚴重的脱離實際生活的傾向。因此，他所肯定的構思功能，其中不可免地存在着唯心主義成分。

在《文賦》中，從「體育萬殊，物無一量」以下，以至「故亦非華説之所能精」，詳論了文章的

各種利病。在歷舉各種利病之前，作者概括地提示了臨文時應把握的各種要點，首先談到運思之事。他在指出「辭程才以效伎，意司契而爲匠」後，接着叮嚀在構思時應「在有無而僶俛，當淺深而不讓」。每個從事創作的人都可能有這樣的經驗：在構思時，每當由無到有或由淺入深之際，如果放鬆思索，就會停滯不前；如果再加努力，即可前進一步獲得新的境界。所謂「僶俛」、「不讓」，就是要克服運思中的艱難，更堅苦地進行思索，充分發揮作者的主觀能動性，以達到所應達到的完美境地。這在每個作家都是必要的。

在賦的末段，陸機總結自己在構思中的體會，而提出靈感通塞的問題，即所謂「應感之會，通塞之記」。以具體形象形容出行文之際「天機駿利」時的快暢，及「六情底滯」時的苦惱：

> 方天機之駿利，夫何紛而不理，思風發於胸臆，言泉流於唇齒，紛葳蕤以馺遝，唯毫素之所擬，文徽徽以溢目，音泠泠而盈耳。及其六情底滯，志往神留，兀若枯木，豁若涸流，攬營魂以探賾，頓精爽於自求，理翳翳而愈伏，思乙乙其若抽。或竭情而多悔，或率意而寡尤。

這些構思過程中的甘苦之情，確是過來人所共有的親身感受，作者在這裏真是形容得精妙細緻。但他的最後結論却是「雖茲物之在我，非餘力之所戮，故時撫空懷而自惋，吾不知開塞之所由」。不免把思路通塞看作是神秘而不可測，作家無能爲力的了。其實，思路通塞並不是不可理解而無能爲力的，後來劉勰在其《文心雕龍·神思篇》中，即對這一問題作了精闢的闡發，作家可以在創作中不斷努力解決的。而陸機把這一問題强調到不可知並無能爲力的程度，乃是他過分重視靈感的自發性，而未進一步探索靈感所由形成的原故。因此，在這一問題上，他也不免表現着唯心的觀點。

再次，他說：「其爲物也多姿，其爲體也屢遷。」就是說，文章是隨着所表現的事物的發展之多種多樣而不斷變遷的，因此，必須「達變識次」。這表明陸機是注意到應在構思中把握住文勢發展的客觀性，因爲這樣才能使文章隨着所描寫的事物本身發展的邏輯而呈現出豐富多采的形式。接着，他在歷舉行文中所呈現的各種利病後，又約略作示例性的補充，提出「因宜適變」的方法，給「達變識次」以具體的實踐準則。這一切確是作家所應注意把握的。如果對於「多姿」、「屢遷」的文勢，能够「達變識次」，而隨着「因宜適變」，則創作必將暢適而無所阻滯，而作品面貌也必生動新鮮，而不致犯千篇一律的弊病了。當然，適應文勢變化所采取的表現方法是極爲繁多不定的，確「亦非華説之所能精」。但這衹是一時不能盡言，而絶非不能言，如果再一强調，那將又是不可知的了。

陸機所提示的臨文前應把握的各種要點中，最值得注意的是：

> 其會意也尚巧，其遺言也貴妍，暨音聲之迭代，若五色之相宣。

這幾句話，已總的道出了當時文學創作的風尚，也揭示了六朝時代文學發展的趨勢。所謂「遺言貴妍」，乃是從當時文壇上極力追求繁縟辭藻的風尚提出，其後更沿着這條道路變本加厲，這是我們極易看到的。至於「會意尚巧」，則是當時在創作上新産生的習尚。在建安時代，由於文人們「慷慨以任氣，磊落以使才」，所以他們「造懷指事，不求纖密之巧；驅辭逐貌，唯取昭晰之能」（《文心雕龍·明詩篇》）。而兩晉文人，一般在創作上漸趨華靡，多在表現方法上下工夫，配合着發揮辭藻的作用，在運思上力求新巧。陸機的《文賦》，本身也就够巧，而其《演連珠》五十首，很多更盡了運意新巧之能事。所以劉勰説他「思能入巧」（《才略篇》），並説他的《文賦》是「巧而碎亂」（《序志篇》）。與陸機同時的詩人張華、張協，都曾被鍾嶸評爲「巧用文字」或「巧構形似之言」。這種尚巧風氣的發展，可從以後許多批評家的言論中反映出來。如蕭綱説「謝（靈運）故巧不可階」，而譏當世作者「有異巧心，終愧妍手」（《與湘東王論文書》）。蕭繹在其《金樓子》中也譏學者「神其巧惠，筆端而已」。梁朝裴子野在其《雕蟲論》中也斥當時詩作「巧而不要」。隋朝李諤斥齊梁文學之弊，甚至「競一韻之奇，爭一字之巧」（《上高祖革文華書》）。在劉勰的《文心雕龍》中，也可看到許多這類的話。總之，無論在行文的哪一方面，「尚巧」成了一致的趨向。

這種風尚形成的原因固然複雜，但總與陸機的提倡有關。在文學作品尤其是在詩歌中調和音節，使之具有音樂性，在我國由來久遠，但明確地作爲一種藝術手段的要求提出，也是首先出現於陸機的《文賦》中。其後經過范曄、沈約、王融等人逐步探索而明確四聲之辨，於是音節的調理成爲文學創作不可缺少的藝術手段。在表現方法上力求新巧，在修辭上講究妍美，在音節上有意識地使具有抑揚頓挫之致，這些屬於藝術形式上的表現方法和手段的探求，一方面把當時文學創作急劇地導向形式主義的道路，另一方面也促使文學作品的藝術形式向前進展，並使作家在藝術技巧上創造纍積很多足資後人藉鑒的經驗。這一切都存在着陸機的重大影響，他在這些方面是功過相兼的。

此外，陸機還有很多關於創作的主張，足以證明和他自己的作風，及其後創作的習尚極爲合拍。當構思進行到逐漸明確階段，要用語言把思索到的事物具體固定下來時，他主張要：

> 傾羣言之瀝液，漱六藝之芳潤。……收百世之闕文，採千載之遺韻，謝朝華於已披，啓夕秀於未振。

在後面歷論文章的各種利病時，還有這麼一段話：

> 或藻思綺合，清麗千眠，炳若縟繡，凄若繁弦。必所擬之不殊，乃暗合乎曩篇，雖杼軸於

予懷，怵他人之我先，苟傷廉而愆義，亦雖愛而必捐。

上面兩層話可概括爲三點：(一)從古人書卷中提取語言的精華；(二)以古人的篇章爲學習楷模；(三)避免雷同古人，鬚髮古人所未發。

從古人書卷中提取語言精華，在作家也是必要的，但這衹是語言工夫的一個方面，還有更重要的從生活及人民語言中去提煉，這一點就是陸機所不曾考慮到的。就是在提取書卷語言的工夫上，陸機也不免有所過偏。陸機使用語言的一種傾向，就是避淺而求深，避熟而求生。這點在第二章論他的詩歌中已經談到。後來文人創作的語言脱離生活及使用繁密典實，都是從這點上發展導致的。

向古人的篇章學習，原則上也是必要的。但所學習應是它的精神，而不是它的形貌。可是陸機所努力追求的往往是後者而不是前者，這在他的許多擬古詩篇中表現得最爲顯著。所以陸機的學習古人，在很多情況下未能超然於古人形骸之外，常不過把衣冠略爲更换一下，所謂「不殊」、「暗合」，僅在避免雷同古人的字句而已。

在歷論文章的利病中，他還指出，在文章辭義間有所抵觸時，必須「考殿最於錙銖，定去留於毫芒」。對於每一細節不苟放過，務使作品達到完美的程度。在「文繁理富，而意不指適，極無兩致，盡不可益」時，「立片言而居要，乃一篇之警策」確是振起文勢所需要的藝術手腕。這些也都是值得肯定的創作經驗。至於其中有一段過分肯定篇中特出秀句的功用，則是大有問題的：

或苕發穎竪，離衆絶致，形不可逐，響難爲係，塊孤立而特峙，非常音之所緯，心牢落而無偶，意徘徊而不能揥。石韞玉而山輝，水懷珠而川媚，彼榛楛之勿翦，亦蒙榮於集翠，綴下裏於白雪，吾亦濟夫所偉。

在一篇作品中，每個句子都是其整個結構的有機部分，都分擔有表達整個主題思想的任務，也必具有一定的藝術力量。如果作者所要表達的内容充實，而其表達能力高强，他可以使每個句子在發揮表達功能上各得其所。在這樣情況下，就無有所謂特出秀句，也就是所謂佳句，而達到有篇無句的通體完美的程度。建安時代作家的詩作，大致都是這樣，在他們的許多名篇中，我們很難摘出佳句。衹有當作者思想感情空虚而又要勉强創作時，中間也有些微的真實情感，使他偶而獲得一二好句，便以這一二好句爲基礎勉强敷衍成篇，於是這一二句在篇中就突出地成爲佳句了。陸機在這裏所説的「綴下裏於白雪，吾亦濟夫所偉」就正是「放庸音以足曲」的辦法。這種情况，在晉初已數見不鮮，如王讚的「朔風動秋草，邊馬有歸心」(《雜詩》)，及孫楚的「晨風飄歧路，零雨被秋草」(《征西官屬送於陟陽侯作詩》)，都是當時傳誦的名句，但篇中其餘詩句並不佳，從全

篇看都並不算一首好詩。陸機的「清露墜素輝，明月一何朗」（《赴洛道中作》第二首），也是篇中特出的秀句。其後謝靈運的作品，很多篇中都可摘出幾句描寫山水的佳句來，餘句則並不相稱。而「爭價一句之奇」在此後即成爲文人創作的一種普遍風氣。陸機之大力肯定秀句的功用，也正揭示了這種不良風氣的開端。

如上所論，陸機《文賦》的內容，主要的是關於創作過程的描述及文章利病的論辨。在所有這一切論述中，既存在着嚴重的缺陷，也有一些精要的經驗之談，但整個的大都是有關表現方法及形式技巧之事，而極少觸及創作上的重大根本問題，即思想內容問題。劉勰批評「陸賦巧而碎亂」，所謂「碎亂」，當指其所談純屬創作上的各個微末之事，而未顧及大體。這一方面足以表白陸機自己的創作傾向，另一方面也揭示了當時文學發展的總的趨勢。因此，這篇作品，極確切地預示了晉及南北朝文學發展的徵候。再就作爲一篇文藝作品而言，它以豐富的藝術形象，比喻地描述出文學創作的各種情狀，確是「曲盡其妙」。正如近代許多傑出批評家所說，一篇文學理論或批評著作，它本身也應是一篇優秀的文藝作品，對《文賦》也可以這樣評價。

三　《文章流別論》

與陸機同時的摯虞所著的《文章流別論》，雖全書已佚，現存的祇有一些斷片，仍是非常值得

注意的文藝理論批評文獻。

摯虞，字仲治，京兆長安人。他從武帝泰始年間出仕，惠帝末官至秘書監、太常卿，在洛陽荒亂中飢餓而死。

《文章流別論》的寫出當較《文賦》爲晚。全書可惜已經失傳，現在祇存從各種類書中輯出的十二條（范文瀾《文心雕龍注》從《金樓子·立言下》及《文選·東征賦》注各補輯一條，仍是屬於賦論的碎語）。據《晉書·摯虞傳》說：虞「撰《文章誌》四卷，又撰古文章類聚區分爲三十卷，名曰《流別集》，各爲之論，辭理愜當，爲世所重。」由此可見，他的這部著作的內容，是按體裁選集古代的優秀作品，對其每種體裁加以敍論。現在我們所見的各條，就是那些文體敍論的殘餘。就從這些殘餘部分看來，這部著作在我國古代文藝理論批評發展史上，仍有其關鍵性的地位。

《典論·論文》和《文賦》都曾提出各種文體的不同風格要求，開始了對於文體的論辨，但都簡略到無以復加，不過陸機比曹丕稍爲展開一點，因爲他們並非着重從這方面去論述。而摯作則對每種文體，都從其體裁的產生和作用、發展和變化、作家的得失，作了全面的論述。這在文藝的理論和批評上是一個重大的飛躍。從其論「賦」的一則，可以見其精要所在：

賦者，敷陳之稱，古詩之流也。古之作詩者，發乎情，止乎禮義。情之發，因辭以形之；

禮義之旨，須事以明之。故有賦焉，所以假象盡辭，敷陳其志。前世爲賦者，有孫卿、屈原，尚頗有古詩之義，至宋玉則多淫浮之病矣。《楚辭》之賦，賦之善者也。故揚子稱賦莫深於《離騷》。賈誼之作，則屈原儔也。古詩之賦，以情義爲主，以事類爲佐。今之賦，以事形爲本，以義正爲助。情義爲主，則言省而文有例矣；事形爲本，則言當（按「當」應作「富」，「言富」與上文「言省」正相對，「富」訛作「當」，因形體相近之故）而辭無常矣。文之煩省，辭之險易，蓋由於此。夫假象過大，則與類相遠；逸辭過壯，則與事相違；辯言過理，則與義相失；麗靡過美，則與情相悖。此四過者，所以背大體而害政教。是以司馬遷割相如之浮說，揚雄疾「辭人之賦麗以淫」。

在這則對於賦的論述中，作者先敍説賦的源起和作用，接着在談到賦作的發展變化中對作者提出評論，並舉出足爲典範的作品，最後就賦的創作提出理論準則而指出「四過」。劉勰在其《文心雕龍·序誌篇》標出它的上篇綱領：「原始以表末，釋名以章義，選文以定篇，敷理以舉統。」這些綱領的運用，在摯虞的這則「賦」論中，可説都已具備。對於文體的論述，這樣全面精當，不能不認爲是一個傑出的創造。

在摯虞的這些殘片中，許多理論的鱗爪，也是卓越可貴的。如其論文章的作用説：

文章者，所以宣上下之象，明人倫之敍，窮理盡性，以究萬物之宜者也。

這個「窮理盡性，以究萬物之宜」，兼包了文學創作的內容範圍和作用，這種對於文學創作上最根本問題的看法，遠比曹丕和陸機所見爲重大廣闊。就在上舉的「賦」論一則中，作者指出的「古賦」和「今賦」的區別，以及「四過」，都是針對文壇創作的病根提出，也是後來劉勰在《文心雕龍》中隨處反復申論，而力圖有所矯正的。從這些殘存的鱗爪，我們可以推知這部著作的體貌。張溥在《漢魏六朝百三家集》的《摯太常集》題辭之末説：「流别曠論，窮神盡理，劉勰《雕龍》，鍾嶸《詩品》，緣此起議，評論日多矣。」即確切地指出了《文心雕龍》與《文章流别論》的源流關係。儘管劉勰對《文章流别論》還有所不滿，而該書對劉勰著作所起的藉鑒作用是不容抹煞的。

這裏還就便提到一下，常與《文章流别論》連帶被提到的《翰林論》，是比摯虞年輩稍晚的李充所作。從其殘存的十則看來，也是就各種文體指出其創作原則，並提出在各文體創作上成就較好的作家和作品。如其論「表」云：

表宜以遠大爲本，不以華藻爲先。若曹子建之表，可謂成文矣。諸葛亮之表劉主，裴公之辭侍中，羊公之讓開府，可謂德音矣。

從這則可見其一斑，大概都是就事論事，在其現存的所有條中，看不出什麼中心思想和較高原

則，劉勰評其「淺而寡要」(《文心雕龍・序誌篇》)，看來是中肯的。

第二節 《文心雕龍》

從魏晉以至齊梁時代，隨着文學形勢的發展，文學創作理論的探索和對作家作品的批評，也逐步發展而達到系統完整的境地。這一時期，除了上述比較著名的專著，許多文人在書札或各種著作中，零碎地發出不少有關文學的議論。所有一切，不外乎文體源流的辨述，文學創作的討論，以及對作家作品的批評，祇不過彼此輕重詳略有所不同而已。經過較長時期的文學理論和批評的纍積，至齊梁時代，乃産生兩部系統完備的文學理論和批評的專著《文心雕龍》和《詩品》。尤其當齊梁一般文風衰弊之際，這兩部具有强烈戰鬥性的宏偉著作之出現，是有非常重大的意義的。

《文心雕龍》是我國古代一部文學理論和批評的巨著。它以卓越的識見，詳審的論述，完整的系統，精美的筆調，構成一部宏偉的文學理論和批評著作，在我國古代文學批評史上，是絕無僅有的。

《文心雕龍》的作者劉勰，字彦和，東莞莒人(莒爲今山東省莒縣。東晉明帝時，僑置東莞郡於京口。京口即今江蘇省鎮江市。故劉勰實爲今鎮江市人)。他的生卒年已不可考，大約生活於

五世紀後段至六世紀前端的齊梁之際。他雖出身於官僚地主家庭，但少年即孤貧，依寺僧生活十餘年。到了梁代，曾作過藩王記室、參軍、縣令、步兵校尉及東宮通事舍人等小官。他在死的前一年出家爲僧，法名慧地。根據《時序》篇末的「皇齊馭寶」這句話，可確定《文心雕龍》是早在齊代時完成的。

《文心雕龍》全書共有五十篇，作者把它分爲上下二「篇」(這個「篇」的概念相當於今天的「編」)，各二十五篇。按照各篇内容的性質，上「篇」可分爲二類：自《原道》至《辨騷》五篇，闡明文學的本源，指出文學創作應取法的準則，如作者所謂的「文之樞紐」，乃是文學的總論。從《明詩》至《書記》二十篇，乃是論辨文體的。作者對於每一文體，都必探討其源流，闡釋其名稱及含義，指出在這一文體上某些作家作品的得失，並在理論上提出創作要點。在下「篇」中，除了最後一篇《序誌》爲全書的序言，其餘亦可分爲二類：其中如《體性》、《指瑕》、《時序》、《才略》、《知音》、《程器》等六篇則是關於批評的。從作家作品及時代風氣，以至批評態度及方法，凡有關文學批評的各方面問題，無不接觸到了。其餘的則是討論創作問題的，大致看來，其中有的是關於構思的，如《神思》、《養氣》二篇；有的是關於結構佈局的，如《定勢》、《熔裁》、《附會》、《總術》等四篇；有的是關於表現方法原則的，如《風骨》、《通變》、《情采》、《比興》、《誇飾》、《隱秀》、《物色》等七篇；

有的是關於形式技巧的，如《章句》、《聲律》、《麗辭》、《事類》、《練字》等五篇。以上所舉，各篇性質的分别，不過大概就其内容的主要方面而定。其實，在絶大部分篇幅中，都是兼包創作和批評兩方面的。因爲在批評中必然要涉及創作問題，而在討論創作問題時，也必然會對作家、作品以至時代風氣有所批評。

《文心雕龍》之成爲文學理論及批評的宏偉著作，就其歷史意義言，乃是在其前人纍積的基礎上加以發展完善的結果。所有文學和文體的源流和意義，文學創作和批評的原則和方法，前人祇不過略發其端，在劉勰看來，祇是「各照隅隙，鮮觀衢路」，「並未能振葉以尋根，觀瀾而索源」（《序誌》）。於是劉勰對於每一具體問題，都各以專篇深廣地加以精透的闡發。甚至前人提出而感到無法解決的問題，如對構思時思路的通塞，陸機感到「吾未識夫開塞之所由」，祇有「時撫空懷而自惋」，而劉勰則從《神思》和《養氣》兩篇，探究出這種情況産生的因由，並提出了具體切實的解決方法説：

是以陶鈞文思，貴在虚静，疏瀹五藏，澡雪精神。積學以儲寶，酌理以富才，研閲以窮照，馴致以懌辭。然後使玄解之宰，尋聲律而定墨；獨照之匠，窺意象而運斤。此蓋馭文之首術，謀篇之大端。（《神思》）

是以吐納文藝，務在節宣。清和其心，調暢其氣，煩而即舍，勿使壅滯。意得則舒懷以命筆，理伏則投筆以卷懷，逍遥以針勞，談笑以藥倦，常弄閑於才鋒，賈餘於文勇，使刃發如新，腠理無滯。（《養氣》）

在這兩則裏，我們可看到，從平日書卷的儲備，事理的斟酌，事物的觀察，以至臨文前心情精神的調理，運筆中適應情勢的靈活舉止，這些如能切實作到，當可基本上避免處在如陸機所慨惋的那種臨文時的困境。

其次，就這部著作的現實意義而言，作者著書的目的，在於懲治宋齊時代的衰弊文風，這點在其《序誌》篇中即曾明白揭示出來：

而去聖久遠，文體解散。辭人愛奇，言貴浮詭，飾羽尚畫，文繡鞶帨。離本彌甚，將遂訛濫。蓋周書論辭，貴乎體要，尼父陳訓，惡乎異端。辭訓之異，宜體於要。於是搦筆和墨，乃始論文。

他之所以要論文，即因當時「文體解散」，文風「浮詭」、「訛濫」，離開了「體要」的根本原則。他對當時衰弊文風鬥爭的精神，普遍貫徹在文體辨述及創作方法討論的各篇中的。如《詮賦》篇説：

然逐末之儔，蔑棄其本，雖讀千賦，愈惑體要。遂使繁華損枝，膏腴害骨，無貴風軌，莫益

勸戒。

在這段話裏，從他所反對的「膏腴害骨」和「莫益勸戒」，可以體會出他所標持的「本」和「體要」的具體內容，即是文須有教育作用，不能讓形式損害內容。而當時的逐末棄本之徒，正是忘記了文學的教育作用，一味追求形式之美，因此他才著書論文，在理論戰綫上與不良文風展開鬥爭。

在《文心雕龍》中，最值得我們注意的，是對於許多根本性的問題，如文學與現實的關係，文學的內容與形式的關係，作者都以樸素的唯物觀點，從各個方面加以詳盡的闡述了的。

在文學與現實的關係上，最根本的問題是文學的本源問題。對於這一問題，作者首先開宗明義地闡發在本書的首篇《原道》中。他所謂的道，即是自然之理。在他看來，文章源於自然之理，所以說「與天地並生」。這種自然之理，更具體說來包括兩個方面，即是大自然本身和人類社會生活。在大自然方面，他認爲有日月、山川、鳥獸、草木的形色聲音，這一切都是自然界本身的文章表現。而自然界的這一切，不能不影響到人的感情，成爲文學創作的一個方面的動力。作者在《物色》篇的開端即指出這種關係說：「春秋代序，陰陽慘舒，物色之動，心亦搖焉。」於是「情以物遷，辭以情發」，而「山林皋壤，實文思之奧府」了。作者把文學創作歸根於作爲客觀現實一個方面的自然現象的刺激，這種對於文學與現實關係的唯物的理解，是值得肯定的。至於人們何以

會因時節變化而心情悲慘或舒暢？如在「滔滔孟夏，草木莽莽」之時，詩人却「傷懷永哀」，乃因他是被流放而「汨徂南土」(《九章・懷沙》)。至於秋之所以感到可悲，乃因「貧士失職而志不平」(《九辯》)。這種由於社會生活影響而存在的人的主觀感情的因素，乃是在自然影響人情上起主導作用的，作者却忽略了，並未作進一層的探討，這就不免使他對這一問題的理解帶有純客觀的性質，這樣是不能完滿解決自然與文學的關係問題的。

作爲文學本源的更重要方面，乃是人類現實生活，作者在《原道》中曾有更詳盡的闡述。他在指出了自然之文後說：

仰觀吐曜，俯察含章，高卑定位，故兩儀既生矣。惟人參之，性靈所鍾，是謂三才，爲五行之秀，實天地之心。心生而言立，言立而文明，自然之道也。

他認爲人類參合天地，兼有各種氣質，能以心靈反映天地間一切事物之理，而文章自然由之以生。他在《時序》篇中說：「幽厲昏而《板》、《蕩》怒，平王微而《黍離》哀。」在表明文學與政治的關係上，所顯示的文學源於現實的意義更爲重大。

在文學與現實的關係上又一個重要問題，乃是文學對現實的認識及教育作用。對於文學的這方面作用，他是極力主張而隨時揭示出來的。他讚揚孔子的文章能够「發天地之輝光，曉生民

之耳目」(《原道》),也就是說,孔子的文章,能够反映出天地間一切事物的精神面貌,對於人民的知識起着誘導作用。他在《明詩》篇中,更具體地指出這種作用說:

> 及大禹成功,九序惟歌;太康敗德,五子咸怨。順美匡惡,其來久矣。

既然文學源於現實,那末每個時代的政治得失,必然會在文學上有所反映,表現爲歌頌或怨刺,後人從而在對當時政治得失有所認識的同時,也就知道有所傚法或鑒戒了。他斥責「逐末之徒」所作的詞賦「無貴風軌,莫益勸戒」,即是肯定文學的教育作用最鮮明的表示。很顯然的,他是主張文學必須積極爲政治服務的。他所以主張文章須以六經爲根本,即因六經是古代政教的產物,也是爲後代政治服務的。但也因此使他的文學觀中存在很大的缺點。他主張文章必須宗經,並以六經爲文章的最高典範,這就把學術著作和文學作品混淆起來。在文學概念已被明確而文學已取得獨立地位的當時,而他的看法却仍如此陳舊保守,這乃是因爲他在儒家學術思想支配下,志在矯正當時不良文風,却不免失之過偏之故。

基於文學與現實的關係,劉勰還以歷史的觀點,闡明特定的社會情況,對於一個時代文學風氣的重大影響。他在《時序》篇中,首即指出「時運交移,質文代變」,認爲「歌謠文理」是「與世推移」的。他在總結建安及東晉兩個時代的文學風貌時,精確地從當時社會生活給予了唯物的解釋。這些都已在論述建安及東晉時代詩歌時談到,此處就不重復徵引了。這樣以歷史的觀點,說明一個時代的文學現象,出自我國早在五世紀末的理論批評家筆下,確是非常卓越可貴,也是值得我們引以自豪的。

文學的內容和形式的關係,是當時文壇上存在的重大問題。如我們所知,從西晉以來,文學創作逐漸在向形式主義發展。到了齊梁時代,一般文人的創作,外表華麗而內容空虛,這樣必然使文學創作失去它應有的意義,正如劉勰所指出的:「體情之制日疏,逐文之篇愈盛」(《情采》)、「遂使繁華損枝,膏腴害骨,無貴風軌,莫益勸戒」(《詮賦》)。針對當時這種不良的文風,劉勰基於他所堅持的文學必須爲政治服務的主張,極力正確地闡明文學的內容與形式的本末關係。正由於這是當時文壇上普遍存在的嚴重問題,所以他在全書的許多處所,無論是文體的辨述或各種表現方法的討論上,都隨時從各個角度指出內容和形式的正確關係。如《哀吊》篇說:

> 隱(傷痛)心而結文則事愜,觀文而屬心則體奢。體奢爲辭,則雖麗不哀。

《定勢》篇說:

> 夫情致異區,文變殊術,莫不因情立體,即體成勢也。

此外,在《附會》、《熔裁》等篇中也都曾表明類似的意見。而在《情采》篇中闡發得最爲充分。當然,

情和采各衹是内容和形式的一個方面，而它們的關係，正是内容和形式的關係。文學作品的形式，對其内容是有着積極的表達作用的。爲了增强藝術效果，作爲形式的一個方面的文采也是必須講求的。所以在《情采》篇的開端，作者用事例證明文采之不可少，並在讚詞中總結地説：「言以文遠，誠哉斯驗。」但形式畢竟是爲内容服務的，形式的完美雖可增强藝術效果，然而文學作品的藝術力量，主要是從其美好的内容發出的，下面一段話即精闢地闡明了這層道理：

> 夫鉛黛所以飾容，而盼倩生於淑姿；文采所以飾言，而辯麗本於情性。故情者文之經，辭者理之緯，經正而後緯成，理定而後辭暢，此立文之本源也。

在這裏，作者以極平常的事物作比喻，把内容和形式的本末關係闡釋得再也明確不過了。作者向我們表明，文學創作的價值主要決定於内容，並進而指出，在進行創作時，内容對於形式的主導作用像織布一樣，先把經綫安好，然後才能用緯綫織成布；臨文也要先把情理確定，然後文辭才能暢達。而當時的文壇上，很多人正是在這一問題上本末顛倒了，其結果必致逐末忘本，甚至流於虛僞。他在指出這種情況後，重復叮嚀説：「是以聯辭結采，將欲明理，采濫辭詭，則心理愈翳。」這就是告誡人們，形式是要爲内容服務的，不要讓形式掩没了内容。最後他提出着手創作的步驟，要「設模以位理，擬地以置心，心定而後結音，理定而後摛藻」乃能「使文不滅質，博不溺心」。由此可見，他一方面不忽視形式對於内容的重要作用，但他在任何情況下總是堅持以内容爲本而形式爲末的正確原則的。這種處理内容和形式關係的正確主張，也是他的文學觀中一個極其卓越的方面。

如上所述，在文學的許多根本性的重大問題上，如文學與現實的關係，文學的内容與形式的關係，劉勰的看法和主張，是符合於正確的理論原則的。他堅持了這些正確的原則，在當時文藝理論和批評戰綫上，與當時籠罩文壇的不良文風進行鬥爭，所顯示的戰鬥性和時代意義是非常强烈巨大的。

文學批評是《文心雕龍》全部著作中的另一個主要内容。除了在論辨文體及討論創作問題時隨處對涉及的作家作品有所批評外，作者更以許多專篇從各方面着重提出加以評論。其中如《體性》、《指瑕》、《才略》、《程器》等，乃是對於作家作品的批評，《時序》則是以史的眼光對各個時代文風的評述，《知音》則是對於批評的方法及態度的討論。在對具體作家作品的批評中，劉勰較多注意在藝術風貌及表現手段方面，這仍是不免受到當時時代風氣的影響之故。

劉勰對於陸機的批評，是特別值得注意的：

> 陸機之吊魏武，序巧而文繁。（《哀吊》）

士衡矜重，故情繁而辭隱。……而《文賦》以爲榛楛勿翦，庸音足曲，其識非不鑒，乃情苦芟繁也。（《熔裁》）

陸機才欲窺深，辭務索廣，故思能入巧，而不制繁。（《才略》）

在《文心雕龍》全書中，作者對陸機是貶多於褒的。《才略》篇是對於歷代作家的品評，其中對所有魏晉作家，都祇是讚揚其各個獨特成就。就是對在陸機前面提出的潘岳，及其後面提出的陸雲，也都是如此。而對陸機則獨指摘其缺點。更看他隨處指出的陸機的缺點，不外是「辭繁」。這是很有道理的。劉勰常常叮囑，文學創作要合乎「體要」，嚴忌「訛濫」，而「辭繁」的末流，足以導致「訛濫」。陸機以其門族之高，才華之富，創作之多，其文風對後世的影響是巨大的。齊梁文風之逐末忘本，主要的當然是統治階級文人生活之墮落空虛，而陸機的不良影響也是不可否認的。劉勰之不嫌多次斥責陸機「辭繁」，正是當作對「訛濫」文風的澄本清源之一法的。

在對作家的批評中，除了創作之事而外，並特著《程器》一篇，指出歷代文人「不護細行」之病，標舉屈（原）、賈（誼）等人的文行並美以爲典範，對作家提出品質修養的要求。他認爲作家不應祇是「有文無質」，而必「達於政事」，一方面要「摛文必在緯軍國」，同時還能「負重必能任棟梁」。這樣要求作家能文能武，兼具文學與政治的才能，正是從他一貫主張文學必須爲政治服務

的理論基礎上提出的。他的這一見解之精確，是我們今天所極易了然的。

《知音》一篇是專論批評的態度和方法的。在批評態度上，他指出一般人之所以難於公正，除了如曹丕所說的「文人相輕」、「賤近貴遠」外，還有「知多偏好」、「各執一隅之見」的障礙，因此，「會己則嗟諷，異我則沮棄」。針對這種弊端，他要求批評者「首先博觀」衆多的作品，在批評時要「無私於輕重，不偏於愛憎」，這樣才能公平恰當地鑒明一篇作品。他對於批評態度的講求，比曹丕更完備了些。在談到批評方法時，他提出「六觀」作爲衡量作品的標準：

是以將閱文情，先標六觀：一觀位體，二觀置辭，三觀通變，四觀奇正，五觀事義，六觀宮商。斯術既形，則優劣見矣。

這六項標準，具體地包括了內容、表現方法以至形式的各種因素。其所謂「位體」，就是「熔裁」中所謂的「設情以位體」，也就是一篇的思想感情的結構。當然，劉勰未能要求文學作品應具有怎樣的內容，但他要求應有真實的內容是可以肯定的。而他把內容安排的問題放在衡量的首位，也可以看出他對作品着眼的輕重次序，仍是本着他看待內容與形式關係的原則的。他在下面接着說：

夫綴文者情動而辭發，觀文者披文以入情，沿波討源，雖幽必顯。世遠莫見其面，覘文輒

第十章　文學理論批評的發展

> 見其心，豈成篇之足深，患識照之自淺耳。

在他看來，依據上述六個標準，按照從形式進入内容的步驟，任何年代久遠而情思幽深的作品，都是可明晰辨識，並没有什麼神秘之處。如上所述，他要求批評應具有客觀態度，在方法上提出具體的標準及步驟（儘管這方面尚有缺點），並肯定文學作品的可認識性，這一切表明，他的批評理論精神是唯物的。

最後，有一點還應指出，在《文心雕龍》全書中，看不到陶淵明和鮑照的影子，這是值得注意的問題。蕭統曾爲陶集作序，鍾嶸稱陶爲「隱逸之宗」。陶的作品，劉勰不會見不到，然而在劉勰的心目中，似乎並無陶淵明其人的。這主要的當因陶淵明的詩風樸質無華，與這一時期文風迥然異向，非如後來蕭統所主張的「綜緝辭采，錯比文華」之比，故不入劉勰的評論之列。鮑照的詩、賦、文在宋代是嶄然卓立的，而劉勰傾注顏、謝的目光，竟未嘗及這位「才秀人微」的作者，這可能是因被目爲「操調險急，雕藻淫艷」的詩風，與劉勰宗經的正統思想不相容之故。他在《樂府》中不提到從晉代發展起來的民歌，也正因爲它們不是正聲。他在《時序》篇中論到宋代，對於縉紳之林的王、袁、顏、謝，以及後來的何、范、張、沈都點到，而在《才略》篇則説：「宋代逸才，辭翰鱗萃，近世易明，無勞甄序。」於是鮑照就在「逸才」之列而「無勞甄序」了。這點也可看到，從晉代以來的門閥觀念，在人們心目中根深蒂固，也不免影響到文學批評者的態度，這在劉勰和鍾嶸的著作中都可察覺到。這些由儒家正統思想及當時的文學風尚和門閥觀念等形成的偏見，都不免影響到劉勰，使他的這部著作無可諱言地存在着一些不足之處。

第三節 《詩品》

《詩品》乃是專以五言詩爲批評對象的具有獨創性的著作。它的作者鍾嶸，字仲偉，潁川長社人，梁時官至晉安王記室。他的生卒年，據王達津同誌考定爲公元四六八至五一八年（見《文學遺産》一七〇期），大致合乎實際。《詩品序》言「不録存者」，其中所録沈約卒於梁武帝天監十二年（五一三），據此可確定《詩品》的成書當在天監十二年以後，比《文心雕龍》大約至少要晚十多年。

鍾嶸著《詩品》的目的，和劉勰著《文心雕龍》是一致的，在和當時詩壇上不良的創作和批評的風氣作鬥爭。他在序言中指出當時的詩風：

> 今之士俗，斯風熾矣，才能勝衣，甫就小學，必甘心而馳騖焉。於是庸音雜體，人各爲容。

而當時詩的批評風氣則是：

> 王公縉紳之士，每博論之餘，何嘗不以詩爲口實。隨其嗜慾，商榷不同，淄澠並泛，朱紫

相奪，喧議競起，準的無依。

總之，無論創作界或批評界，情況是非常混亂的，因此，他才「感而作焉」。他把從漢以來歷代作家加以品評，一方面意在澄清當時批評界的是非，同時也給當時創作界揭示典範。

他的批評方法，是把從漢至梁代的作家一百二十多人，分爲上、中、下三品，對每個作家都給以扼要的評語，而在上、中品裏，並指出每家詩體的本源。

把作家劃分爲三品，這顯然是取法於魏晉以來的九品官人制度。用這種辦法大致區別作家的優劣未嘗不可，但在品次之間有很多不恰當的，如把陸機放在上品，而把陶淵明放在中品，便是最突出的例子。他指出陸詩「咀嚼英華，厭飫膏澤，文章之淵泉也」，正是以學問醞釀見長，不合他自己主張的「自然英旨」的。他讚美淵明「文體省淨，殆無長語，篤意真古，辭興婉愜」，並舉出「歡言酌春酒」、「日暮天無雲」二句，嘆爲「風華清靡」，也正是符合於「自然英旨」的。他主張詩語要「直尋」，也認爲陸詩「傷直致之奇」，也對陶詩同意「世嘆其質直」，但終於違背自己的主張和認識，把陸置於上品而降陶爲中品，仍不免爲當時世俗之見所支配，以致在作家的品次上如此失當。其他如潘岳、張協之置於上品，鮑照之置於中品，曹操之置於下品，都是不公正的。

鍾嶸之指出某家詩源出於某某，意在表明作家和其前代作家作品的傳承關係；他所標舉的本源，不外「國風」、「小雅」、「楚辭」，而他所評論的衹限於五言詩，可見他所着眼的傳承關係，不在形式而在總的精神風貌，這是值得肯定的。但是，一個作家承受前代的影響，必然是多方面的，不可能衹在某一方面，充其量衹能説所受某方面的影響較重，而鍾嶸直説某某詩源出於某某，未免把傳承關係看得太簡單了。而且，他往往指出的某某和某某的傳承關係，簡直令人不能理解，如以潘岳和張協二人都源出於王粲，而王粲又源出於李陵。而從他們幾個作家總的風格看來，很難找出彼此有何顯著的類似之處，這就不免於主觀武斷。

鍾嶸對作家的評語，有許多甚爲精當的。如前所舉對陶淵明詩藝術風格的概括，確極簡明切要。又如稱左思「文典以怨，頗爲精切，得諷諭之致」，正道着了《詠史詩》的精神及意義。他説劉琨「既體良才，又罹厄運，故善敍喪亂，多感恨之詞」，於指出劉琨詩歌創作成就的同時，也唯物地闡明了其所以獲得成就的主客觀原因。又認爲郭璞的《遊僊詩》「乃是坎壈詠懷，非列僊之趣」，對郭璞這類作品性質的啓示，於讀者理解詩旨是有所助益的。

在對個別作家的評論之餘，也間或敍述有關的故事。如謝惠連以權術表彰區惠恭，可見當時卑微者之難於表現；釋寶月竊有柴廓的《行路難》，可見當時文人的欺詐風習；謝靈運因夢見謝惠連而成「池塘生春草」之句，成爲後代文壇上的佳話。這種對詩人概括地作總結性的評點的批

評方法，間或插述有關詩人創作的故事，實是後代詩話著作的先導。

《詩品序》是這部著作的一個重要部分，作者在其中鮮明地表示了他對詩歌的許多看法和主張。他對詩歌有個中心主張，乃是崇尚自然，這一主張具體地表現在反對用事和反對過分注重聲律兩方面，也是針對當時詩壇的弊習發出的。

如我們所知，齊梁之際，正是駢儷文風高度發展的時候，作爲駢文的形式因素之一的用事之被詩人注意講求，也正是駢儷文風在詩歌創作上的反映。鍾嶸在《詩品序》中指出這種情況並提出他的看法説：

> 若乃經國文符，應資博古；撰德駁奏，宜窮往烈。至乎吟詠情性，亦何貴於用事！「思君如流水」，既是即目；「高臺多悲風」，亦惟所見；「清晨登隴首」，羌無故實；「明月照積雪」，詎出經史！觀古今勝語，多非補假，皆由直尋。……大明、泰始中，文章殆同書抄。……爾來作者，寖以成俗。遂乃句無虛語，語無虛字，拘攣補衲，蠹文已甚。但自然英旨，罕值其人。

對於用事，鍾嶸並非一概反對，衹是要看文體的性質是否需要。詩的用途在於抒情，必須用新鮮明朗的語言直接表達，如果運用典實，必致情思曲折隱晦，損傷其生動鮮明的感人效果。而當時的風氣，字字必求有出處，創作時必然感受種種拘束，寫出的作品也必零碎而奄奄無生氣。針對這種時弊，他主張詩必須「自然英旨」（「英旨」即鮮美之意）。

有意識地講求調和音節，是齊梁時期文壇上新形成的一種風氣。在這種新風氣暢開的同時，自不免帶來一些流弊。鍾嶸也在序中指出這一情況，並表明他的意見：

> 四聲之論……王元長創其首，謝朓、沈約揚其波。三賢或貴公子孫，幼有文辯，於是士流景慕，務爲精密，襞積細微，專相凌架，故使文多拘忌，傷其真美。餘謂文制本須諷讀，不可蹇礙，但令清濁通流，口吻調利，斯爲足矣。

鍾嶸對於聲律的態度，與用事有所不同，他認爲須適當加以注意，因爲這是詩體本身所不可少的一個方面。他所反對的是過分講求聲律，致創作在太多的拘束下損傷了自然之美。他反對過分講求聲律的用意，與其反對用事仍是一致的。他的這種主張，顯然是爲了掃清當時形式主義詩風給予詩歌創作的束縛和障礙，使之步入平坦的道路，是有重大的現實意義的。

但是，由於四聲論的確立，四聲的區別得以明確，作家能有意識地掌握並運用聲律，進一步完美了文學的藝術形式，不能不認爲是文學藝術形式發展中的一次進步。鍾嶸既然承認音節對於詩歌的必要性，即須「令清濁通流，口吻調利」；但如何能「令」，勢必須有所講求。而他竟拒絕講求聲律，説「平上去入，則餘病未能」，則未免矯枉過正而流於固執了。

對於詩歌的一些根本性問題，鍾嶸的見解是很值得注意的。在詩與現實的關係上，他在其序言的開始即指出大自然的作用説：「氣之動物，物之感人，故搖盪性情，形諸舞詠。」與劉勰的看法完全吻合。由於大自然早已成爲詩人普遍歌詠的題材，所以評論家追溯詩歌本源時，首先即提到這一方面，這是很自然的。而鍾嶸能更多地注意到更爲重要的社會生活方面：

至於楚臣去境，漢妾辭宫；或骨横朔野，或魂逐飛蓬；或負戈外戍，殺氣雄邊；塞客衣單，孀閨泪盡；或士有解佩出朝，一去忘返；女有揚蛾入寵，再盼傾國。凡斯種種，感蕩心靈，非陳詩何以展其義！非長歌何以騁其情！

就是這一切社會生活的矛盾刺激着詩人，使他們不得不發爲歌詠，用以宣泄其内心的鬱積。這樣重視廣泛的社會生活矛盾，將其作爲詩歌創作的動力，並在對具體作家如李陵、劉琨等人的評論中指出這種關係，識見確是很卓越的。

鍾嶸也注意到詩歌的社會功用，引用孔子的話説：「詩可以羣，可以怨。」但却未提孔子説的「可以興，可以觀」，而在下面補充説：「使窮賤易安，幽居靡悶。」僅僅把詩歌消極地當作個人消釋矛盾、慰藉情緒的工具，忽略了他對社會的積極作用，這不如劉勰所提到的「順美匡惡」、「鼓天下之動者存乎辭」那樣的意義高度。

從作者强調詩歌「吟詠性情」的實質，反對用事和過分講求聲律，及談到作法時要「干之以風力，潤之以丹彩」，可見他對於詩歌的内容和形式的關係的看法之正確。在詩的内容上，基於「吟詠性情」的主張，他反對「淡乎寡味」的玄言詩，而主張「建安風力」，識見也是卓越的。

在詩體上，他肯定五言對於四言的優越性，顯示了他在詩體發展上的進步觀點。他在追溯五言的起源時，把「鬱陶乎予心」和「名餘曰正則」當作「五言之濫觴」則是不恰當的。五言句在《詩經》中已經很多，他不舉《詩經》，而舉晚出的《楚辭》，未免失之輕率。而「鬱陶乎予心」乃是僞作，其他如李陵詩也是後人託製，他都貿然引用而據以立論，也是很顯著的錯誤和缺點。

第十一章　魏晉南北朝時期的小説

第一節　小説的溯源

小説這一概念的含義，在我國古代非常廣泛。它最初出現於《莊子》的《外物》篇：「飾小説以干縣令，其於大達亦遠矣。」在這裏，「小説」衹是不合於大道的淺薄卑微的言論，毫不涉及文學體裁。到了東漢初年，桓譚在其《新論》中説：「小説家合殘叢小語，近取譬喻，以作短書，治身理家，有可觀之辭。」這裏「小説」才是指的一種著作，並被明確指出其性質及作用。後來班固的《漢書·藝文志》中便有小説家，而被放在諸子十家中的第十家。班固於此舉出其以前小説著作十五家的名目，而於其後敍説：「小説家者流，蓋出於稗官，街談巷語，道聽塗説之所造也。孔子曰：『雖小道，必有可觀者焉，……致遠恐泥。』是以君子弗爲也，然亦弗滅也。閭里小知者之所及，亦使綴而不忘，如或一言可採，此亦芻蕘狂夫之議也。」他對於小説各方面的看法，仍是和桓譚一致，都估價得很低的。

班固所録的小説十五家，早看不着了。現在就散存在《大戴禮》中的《青史子》（魯迅先生録入《古小説鈎沉》中）看來，其内容仍是關於古代禮制的雜記。據魯迅先生推測：「諸書大抵或託古人，或記古事。託人者似子而淺薄，記事者近史而悠繆者也。」（《中國小説史略》第一篇）由此可見，那些小説，都是些似子非子而似史非史的著作。這依後來對於古代小説的分類，應是屬於「雜録」一類。（明胡應麟分小説爲六類：志怪、傳奇、雜録、叢談、辯訂、箴規。）但其悠繆之説中也必然涉及神怪之事。

作爲「街談巷語」的記録的原始形態的小説，往往是雜事與神話交雜着的，它們的目的僅爲傳述異聞。就是後來的小説，無論是「雜録」或「志怪」，都是爲傳述異聞這一目的寫出的。

《山海經》和《穆天子傳》是我國古代包羅神話傳説最多的著作，它們大概都是戰國時人寫的。這時由於交通頻繁，人們蒙矓的地理知識逐漸展開，再加以豐富的想象，乃有這類著作産生。《山海經》所記爲海内外山川神祇異物，收録的我國古代神話極多，但却是零星而無系統的。《穆天子傳》所記爲周穆王駕着八匹駿馬西征的故事。前者以記雜事爲主，而後者以記人事爲主，都含有不同程度的神異成分。後來一些託名爲漢人寫的小説，都和它們有着密切的繼承關係。

現存的所謂漢人小説，有託名爲東方朔作的《神異經》和《十洲記》，託名班固作的《漢武故事》和《漢武内傳》，託名劉歆作的《西京雜記》和託名郭憲作的《洞冥記》。這些小説，無一部是漢人的作品，都是魏晉以後的文人或方士所作。他們寫出這些東西，而必僞託前人的原因，魯迅先生曾確切指出：「文人好逞狡獪，或欲誇示異書，方士則意在自神其教，故往往託古籍以衒人。」

（《中國小説史略》第四篇）這些小説，其性質主要的仍不外乎記神靈的「志怪」和記人事的「雜録」，而「雜録」中仍多少含有「志怪」的成分。不過「雜録」一類中，有以一個人爲綫索的如《漢武故事》，和雜録衆事的如《西京雜記》。

第二節　魏晉南北朝時期的小説

魏晉南北朝的小説，仍是沿着「志怪」和「雜録」兩條綫索發展的，而這兩類小説之發展，亦各有其當時的社會生活基礎。

東漢末年，士人即重鄉黨品題，往往片言褒貶，影響到一個人的社會地位。魏晉以後，隨着門閥制度的興起，人物的品題更形重要，於是名人言行的一鱗一爪，往往被傳爲口實，加以當時玄談之風盛行，特重語言的精妙，乃産生《世説新語》這樣記載人物各類言行的小説著作。在《世説新語》以前，曾有東晉裴啓的《語林》和郭澄之的《郭子》，但這兩書今已佚亡，祗有《世説新語》至今猶爲讀者所愛重。

《世説新語》爲宋臨川王劉義慶所著，全書共三十六篇，收録從漢至宋初的人物瑣細行爲和言論，按其性質分類，每類爲一篇，其材料以晉代爲最多，因時代最近之故。在這書中，取材雖至瑣細，記載亦極零碎，然魏晉時代的社會生活和風俗，均可使人從中獲得一個粗具輪廓的印象，而各類人物的行動、語言以至精神面貌，無不通過作者雋峭的筆調，宛然活現於紙上：

王（蒙）、劉（惔）與林公共看何驃騎（充），驃騎看文書不顧之。王謂何曰：「我今故與林公來相看，望卿擺撥常務，應對玄言，那得方低頭看此邪？」何曰：「我不看此，卿等何以得存？」諸人共以爲佳。（《政事篇》）

桓公入洛，過淮泗，踐北境，與諸僚屬登平乘樓，眺矚中原。慨然曰：「遂使神州陸沉，百年丘墟，王夷甫諸人不得不任其責！」袁虎率爾對曰：「運自有廢興，豈必諸人之過。」桓公懔然作色，顧謂四坐曰：「諸君頗聞劉景昇否？有大牛重千斤，啖芻豆十倍於常牛，負重致遠，曾不若一羸牸，魏武入荆州，烹以饗士卒，於時莫不稱快。」意以況袁。四坐既駭，袁亦失色。（《輕詆篇》）

劉真長、王仲祖共行。日旰未食。有相識小人貽其餐，肴案甚盛，真長辭焉。仲祖曰：「聊以充虚，何苦辭！」真長曰：「小人都不可與作緣。」（《方正篇》）

石崇每要客燕集，常令美人行酒。客飲酒不盡者，使黄門交斬美人。王丞相與大將軍嘗共詣崇。丞相素不能飲，輒自勉彊，至於沉醉。每至大將軍，固不飲，以觀其變。已斬三人，顏色如故，尚不肯飲。丞相讓之，大將軍曰：「自殺伊家人，何預卿事！」（《侈汰篇》）

蘇峻亂，諸庾逃散。庾冰時爲吴郡，單身奔亡。吏民皆去，唯獨郡卒以小船載冰出錢塘口，籧篨覆之。時峻賞募覓冰屬，所在搜檢甚急。卒舍船市渚，因飲酒醉還，舞棹向船曰：「何處覓庾吴郡？此中便是。」冰大惶怖，然不敢動。監司見船小裝狹，謂卒狂醉，都不復疑。自送過浙江，寄山陰魏家，得免。後事平，冰欲報卒，適其所願。卒曰：「出自廝下，不願名器；少苦執鞭，恒患不得快飲酒，使其酒足餘年，畢矣。無所復須。」冰爲起大舍，市奴婢，使門内有百斛酒終其身。時謂此卒非唯有智，且亦達生。《任誕篇》

何驃騎看文書一則，反映出東晉士大夫的現實的與非現實的兩種生活態度，而何充簡要的回答：「我不看此，卿等何以得存？」在對虚浮士流寄生生活的尖鋭諷刺中，所表現的態度和作風多麼踏實嚴肅！在「桓公入洛」一則中，我們看到，在國家殘破的東晉時代，進取與宿命兩種人生觀的鬥爭。而桓温在「眺矚中原」時所發出的「神州陸沉」之慨，使人充分感到，在對清談誤國者的嚴厲咎責中，這位英雄人物對當時國家人民的不幸是如何一往情深！這兩種人生態度——積極的和消極的表現，普遍存在於本書的各類人事記載中，東晉之所以還能偏安但又一直偏安而不能恢復中原，在這裏可以得到一方面的説明。劉真長不與小人作緣，客觀地反映出當時在嚴格的門閥制度下，上層階級對於下層階級人的鄙棄心理。石崇殺勸酒美人一則所反映的統治階級生活的一

斑，不僅是太侈，簡直是殘酷無人性了。而王導王敦兩人的性格，一個寬厚，一個殘忍，却在三言兩語中獲得極爲鮮明的表現。我們如一察知二人的生平，當更深切感到這兩個人物性格的意義。吴郡卒一則，寫這個郡卒的機智及善於看待自己的人生，非常可愛。而這個郡卒的人生觀，也正體現了當時士大夫放縱曠達的風習對於下層階級人民的影響。其他各類人物的軼事妙語及聲情笑貌，都在作者極爲精簡的筆觸下，給人以非常真切生動而意味深長的感覺，此處所舉示的不過鼎味之一臠而已。以前的小説，雖有以記人事爲主的，但總不免雜有神異的成分，至《世説新語》所記，則全是取材於人類的現實生活了。本書有劉峻作的注，凡相關或有所異同之事無不詳爲徵引，更豐富了這一著作的内容。而注中引用之書多至四百餘種，很多現已亡失的書，賴這一書的注文而保存下幾片鱗爪，所以這書的注文也是極爲後世所珍貴的。

從東漢末期起，道教即已盛行，而佛教的小乘教也漸在中國流傳起來，教徒們常談説神鬼靈異之事，以加强其宣傳力量。這時神和鬼的有無，常成爲文士爭辯的主題。文士之信好鬼神之説的常集録所聞以成書，如晉代幹寶之著《搜神記》即認爲「足以發明神道之不誣」，並捏造素執無鬼論的阮瞻遇鬼之事，以打擊無鬼論者。這一時期的誌怪小説之盛，正是佛道二教深入士大夫階級生活的結果，同時也表明瞭他們精神的空虚，所以才極力追求這種富於刺激性的怪誕不經的

傳聞。

這一時期的志怪小説，最早的是曹丕的《列異傳》，其書今已不傳，但其中故事因爲後人所引用而得保存下來的尚不少，魯迅先生搜集入其《古小説鉤沉》中的有五十則之多，如其中的《望夫石》一則即是後世文人所常引用的：

武昌新縣北山上有望夫石，狀若人立者。傳雲昔有貞婦，其夫從役，遠赴國難，婦携幼子餞送此山，立望而形化爲石。

晉至南北朝的志怪小説，已經亡失而散見各書被收集在《古小説鉤沉》中的有二十八種，而全書尚存的也還不少。其中足爲代表的有晉代幹寶的《搜神記》，王嘉的《拾遺記》，及梁朝吴均的《續齊諧記》。

干寶是東晉初年的歷史家，著有《晉紀》二十卷。他雖確信有鬼神而著《搜神記》，以「發明神道之不誣」，但其中亦有很多優美的故事，如《韓憑夫婦》一則，表現出韓憑夫婦不爲暴力所屈，而固執於愛情的堅貞品質，極爲感人：

宋康王舍人韓憑，娶妻何氏，美。康王奪之。憑怨，王囚之，論爲城旦。妻密遺憑書，繆其辭曰：「其雨淫淫，河大水深，日出當心。」既而王得其書，以示左右，左右莫解其意。臣蘇

賀對曰：「其雨淫淫，言愁且思也；河大水深，不得往來也；日出當心，心有死志也。」俄而憑乃自殺。其妻乃陰腐其衣。王與之登臺，妻遂自投臺，左右攬之，衣不中手而死。遺書於帶曰：「王利其生，妾利其死，願以屍骨賜憑合葬。」王怒，弗聽，使里人埋之，冢相望也。王曰：「爾夫婦相愛不已，若能使冢合，則吾弗阻也。」宿昔之間，便有大梓木生於二冢之端，旬日而大盈抱，屈體相就，根交於下，枝錯於上。又有鴛鴦雌雄各一，恒棲樹上，晨夕不去，交頸悲鳴，音聲感人。宋人哀之，遂號其木曰相思樹；相思之名，起於此也。南人謂此禽即韓憑夫婦之精魂。今睢陽有韓憑城，其歌謡至今猶存。

這個故事因獲得後人廣泛的愛好，而被記入各種地理著作中，也常爲詩人所歌詠。如李白的《白頭吟》結尾説：「古來得意不相負，祗今惟今青陵臺。」這裏「青陵臺」乃是根據另一種傳説。《獨異志》引《搜神記》説：「宋康王以韓朋妻美而奪之，使朋築青陵臺，然後殺之。其妻請臨喪，遂投身而死。」韓憑被改稱爲韓朋，乃由當時憑、朋二字讀音相同之故。在人民的喜愛流傳中，民間作者更以其豐富的想象在情節上加以補充，乃演爲敦煌發現的唐寫本中的《韓朋賦》。故事末端相思樹的出現，與《古詩爲焦仲卿妻作》的結尾及梁祝化蝶等類故事用意一致，從對於美好願望的固執中，表示對於强暴勢力的反抗不屈。在《搜神記》中，還有許多故事，如吴王小女之鍾情於

童子韓重，幹將、莫邪之子爲父報仇，小女李寄斬除大蛇之類，都是具有健康的意義的。

《拾遺記》所載，乃從伏羲以至西晉的各代異聞，尤多關於統治階級的生活事物。作者以極細緻的文筆，描寫出統治階級生活享受之窮極侈靡。書首有梁代蕭綺的序，説王嘉爲苻秦末時的人，原書爲十九卷，綺刪其繁紊爲十卷。綺間常於原文之後，附述自己的批評意見，如在東漢靈帝的一則荒淫記載後，附上這一段：

録曰：……安靈二帝，同爲敗德。夫悦目快心，罕不淪乎情慾，自非遠鑒興亡，孰能移隔下情。傭才緣心，緬乎嗜慾，塞諫任邪，没情於淫靡。至如列代亡主，莫不憑威猛以喪家國，肆奢麗以復宗祀。詢考先墳，往往而載，僉求歷古，所記非一。

蕭綺這些附加的評論，主旨在於發明原著的寓意。明朝胡應麟以爲原書「蓋即綺撰而託之王嘉」（《少室山房筆叢》卷三十三）的，如果這種推斷可信，則原書的意義更爲易明，它即在盡情揭露歷代統治者生活之荒淫奢侈。本書由於記載事物的新奇，文辭的靡麗，也常爲後世文人喜愛引用。下面節録薛靈芸入魏宮的一段，以示一斑：

靈芸聞别父母，歔欷累日，泪下沾衣。至昇車就路之時，以玉唾壺承泪，壺則紅色，既發常山，及至京師，壺中泪凝如血。帝以文車十乘迎之，車皆鏤金爲輪輞，丹畫其轂。軛前有雜

寶爲龍鳳，銜百子鈴，鏘鏘和鳴，響於林野。駕青色之牛，日行三百里。此牛屍塗國所獻，足如馬蹄也。道側燒石葉之香，此石重疊，狀如雲母，其光氣辟惡厲之疾。此香腹題國所進也。靈芸未至京師數十里，膏燭之光，相續不滅，車徒咽路，塵起蔽於星月，時人謂爲「塵宵」。

吴均的文章具有清拔的風格，爲當時人所着意仿傚，至有「吴均體」之稱。他的《續齊諧記》文字也很明淨可觀。在這以前本有宋朝東陽无咎的《齊諧記》，但現已亡佚，衹有散見於各書中的十五則，也被輯録在《古小説鈎沉》中。《續齊諧記》中的「陽羨書生」一則，記陽羨許彦路遇書生，吐納人物，所吐納之人，又轉有所吐納，迭出三層，其情節之奇幻，甚爲讀者所驚賞。（可參看魯迅的《中國小説史略》第五篇，此不具引）但吴均的這個故事，乃是承襲前人所有而加以改進的，如晉人荀氏《靈鬼志》中所記外國道人的一則故事（參閲《古小説鈎沉》輯的《靈鬼志》），即有類似《陽羨書生》的情節。可是，據唐人段成式《酉陽雜俎》的續集《貶誤篇》記載説，《譬喻經》即有梵誌作術吐壺與女子之事，可知這個故事源出於佛經，不過在文人筆下情節逐漸豐富細緻，並褪去宗教色彩。由此也可看出當時佛教對於小説的影響。至如宋劉義慶的《宣驗記》，齊王琰的《冥祥記》之類，則簡直是爲佛教宣傳因果報應的工具了。

就現存的或已散佚而經輯録的（具見《古小説鈎沉》中）這一時期的小説看來，它們中大部

分是志怪的。誌怪小説的這樣發達，正是當時部分社會生活和意識的反映，即是具有麻醉作用的宗教思想，在當時士大夫階級生活意識中有着强力的支配作用。那些荒誕不經的故事，雖然很多是宗教信徒爲了宣傳迷信而造作的，但也有很多是取自人民歷代的傳説，在這些故事中，即體現着人民的愛憎和理想，以及機智和勇敢等精神品質，是具有一定程度的人民性的。而其想象之豐富新奇，曾給唐代小説家以多方面的啓示，唐代初期的傳奇小説之尚不能超脱於志怪範圍，也正好證明彼此的傳承關係。

甌陶叢集

第十一章